呼び出した召喚獣が強すぎる件

Yobidashita Shokanjyu Ga Tsuyosugiru Ken

3

Written by しのこ
Illustration by shizuo(artumph)
Character design by 茶円ちゃあ

>>> CHARACTER

Name: ナオ

フルダイブ型 VRMMO『e-world Online』で様々な職業がある中、召喚獣を実際に使役して戦うという子供の頃からの憧れを胸に、召喚士を選択した青年。強力な召喚獣を召喚したことで、他のプレイヤーの注目を集める。ギルドには属していなかったが、夕と出会いフレンドになった。

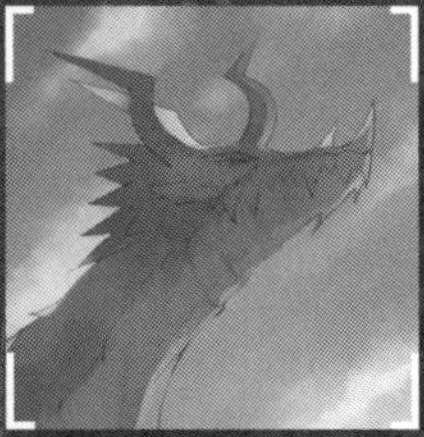

Name: クロ

ナオが初めて呼び出した召喚獣。イオンのβ時代には存在が確認されていないレアリティ☆7のエンシェントブラックドラゴンであり、初期ステータスとステータス成長補正がとても高い。召喚時は小さな竜であったが、レベルアップによる進化でナオを背中に乗せて飛べるほどに成長している。

Name: 夕

β時代から有名な美少女ソロプレイヤー。正式サービス開始後もフレイムゴーレムを一番最初にソロ討伐するなど、その実力は誰もが認めている。釣りをしていた時に現れたクリスタルリヴァイアサンとの遭遇戦でナオと共闘すると、その実力を認め戦闘後に初めてのフレンドとなった。

Name: ガッツ

ランキングイベント優勝の報酬で得た、レジェンダリー召喚石で召喚した人型の召喚獣。

Name: ハイパリカム

ランキングイベントで共闘したイオン最強の呼び声も高い魔法使い。セージとは兄妹。

Name: コリチ

有力ギルド IKR のギルドマスター。2つの大盾を駆使する最強のタンク。

››› STORY

人気フルダイブ型VRMMO〝イオン〟を手に入れたナオは、召喚士としてゲームを開始する。

初めての召喚で高レアリティのエンシェントブラックドラゴンのクロを召喚したナオは、クロと共に次々と強力なボスを倒していく。多くのプレイヤーがギルドに所属する中、ソロプレイでゲームを攻略していたナオだったが、偶然共闘した夕と互いの実力を認め合うと二人はフレンドになることに。

様々なクエストをクロと乗り越え、順調に能力、装備を強化していく中で、初めてのランキングイベントが開催される。『グロリアスV』『IKR』『Kingdom of Justice』など有名ギルドも参加する中で見事優勝を果たしたナオと夕。ナオはイベントの優勝の賞品からレジェンダリー召喚石を選ぶと、新たな人型の召喚獣ガッツを召喚したのであった。

その後、上位プレイヤーのハイパリカムとセージとともに新たなイベントを求め、空に浮かぶ島へと向かったナオ。

そんな中、イオンではPK、RMTなどといった不正行為に手を染めるプレイヤーたちの噂が流れ始めていた……。

CONTENTS

プロローグ

セージ達に足として使われた俺達はクロに乗って空に浮かぶ島へ向かっていた。

メンバーは俺、クロ、ガッツとハイパリカムにセージの五人だ。

順調に空の旅を続けていたが、俺達の前にモンスターの群れが立ちはだかった。

ハイパリカムが大量のモンスターを一撃のもとに屠《ほふ》ってくれたのは良かったが、あまりに攻撃が派手すぎたせいで空にいるモンスターほぼ全てが俺達を標的にしてきたのだ。


このまま島に上陸してもモンスターに追い回されるだけなので、空島に上陸するのはモンスター達を倒してからの方が良いだろう。


ただ、今の状態でモンスターを大量に狩れるのはハイパリカムだけだ。クロも一応攻撃は出来るが、俺達を乗せている以上いつものように動くことは出来ない。

俺達の方に向かってくるモンスターは数百体はいるように見えるんだが、いきなり詰んだとかはないよな。

「いくらハイパリカムでもさすがにこの数は厳しくないか？　今撃ったのが最強の魔法だろ？」

ハイパリカムが放ったのは数十体は巻き込んだ巨大な魔法だった。あれでも十二分に威力があったわけだが、さすがにあれより強力な魔法があるとは思えない。

「魔法使いの上級職はこの程度の数なら余裕だ」

ハイパリカムがニヒルな笑みを浮かべる。

そして、二本目の杖を装備した。

右手には黒い木でつくられた禍々しい杖。

左手にはシャープなデザインの白い杖。

二つとも先端には巨大な宝石がついており、綺麗な装飾が施されている。

杖について全く知識のない俺でも二本の杖が強いのは分かる。

「二刀流ならぬ二杖流か？　随分変わったスタイルで戦うようになったんだな」

「これが上級職の個性の一つだ。まぁ、見てろ」

「本当にすごいからお目目ちゃんと開いて見てた方が良いっすよ」

「「グルァァァァァ！！！」」

あたりのモンスターは俺達の会話を待つことなく、残り三〇メートル近くまで接近していた。

ハイパリカムは杖二本を構え、魔法を放つ。

「上級魔法──電流拡散《ディレイライトニング》──継続《キープ》──」

モンスターの方に向かって、青く、薄い光が広がる。

靄《もや》のように一帯に浸透し、辺りは一瞬で白く染め上げられる。

しかし、モンスターに触れてもハイパリカムが放った魔法は全く発動しない。

モンスター達は靄を突き抜けて俺達の方へと向かってくる。

それ自体が攻撃魔法、というわけではないようだ。

「クロ、モンスター達と同じ速度で離れてくれ」

「ぐるぁ！」

広範囲に白い靄を飛ばしたせいで、今まで俺達を狙っていなかったモンスターも俺達に気づき、接近してきている。この数はさすがにまずい。

何故かクロに後退するように命じているが、どことなく余裕を感じるので、ここから先があるようだ。

クロが少し逃げ回った後、一帯に広がった靄が一瞬光ったのを見てハイパリカムが第二の魔法を放つ。

「撃ち殺せ。上級魔法──電流作動《ライトニングアクティベーション》」

杖を向け、唱えるとハイパリカムの魔法で白く染め上げられた一帯が、光輝く。

視界が真っ白になり、何が起きたのか全く理解出来ない。

「これ何が起きてるんだ⁉」

「超広範囲魔法っす。撃つのに時間がかかるっすけど、すごく強いんすよ」

「これ、魔法なのかよ……」

どうやら靄から雷が放たれ、空を覆いつくすほどの規模で魔法をぶっぱなしたらしい。

遅れて鼓膜が破れるんじゃないかと思うほどの爆音が響き渡る。周りが見えない状態で耳をふさいでたらモンスターに襲われた時点で終わりだが、仕方ない。

「やっぱこの魔法は最高だ。活かせる完璧なシチュエーションだった」

すると、莫大な経験値が流れ込んでくる。

どうやら今の一撃で辺りにいたモンスターを一掃したらしい。

「何これズルじゃん。前のイベントの時にこの魔法を習得してなくて本当に良かった」

こんな魔法をぶっぱなされたら一位は確実に取られていた。

魔法使いは信じられない力を秘めているようだ。

「まぁ、使うのに時間がかかる上に、二つ目の魔法を使うまでに身動きがほぼ取れないってでかいデメリットはついてるがな。今回はクロが足になってくれたからどうにかなったってだけだ」

デメリットに対してメリットがでかすぎるんですが……。

魔法使いに秘められた能力が強すぎる。これがこのゲームで魔法を一番極めている男の実力か。どれだけ数を集めてこようが、策を練ろうが全てを消し炭にする。いつも夕《ゆう》を見ていて驚かされるが、ハイパリカムはそれとは違う路線の強さだな。

召喚士も強力な能力は秘めてるが、ここまで露骨なものじゃない。

「きっと召喚士の上級職も強力な力持ってるっすよ。うちはそれが楽しみっす」

「そうだな。今回の冒険で見る機会もあるだろうし、楽しみにしてるぞ」

「あんまり期待するなよ？　派手なスキルってわけじゃないからな」

空島一帯にいるモンスターは全て討伐したので、モンスターが復活する前に空島に上陸した。

「やっとついたっすねー‼　絶対うちらが一番乗りですし、ここにあるイベント全てもらっちゃいましょ！」

「この島に飛ぼうって発想に普通ならないしな……。でも、特に何かがありそうな島には見えなかったぞ」

空島は中央に集落らしきものがある以外、自然に囲まれている感じだ。

禍々しい城もなければ、巨大なモンスターがいたわけでもない。

「さすがのうちでもこの島の情報は全くないっすねぇ。とりあえず、さっき見えてた集落を目指しますか」

この島について俺達は一切知識がないので、まずは情報を集めないといけない。俺達は唯一情報を得られそうな集落に足を運ぶことにした。

◆

「ボロ屋しかないっすね……。こりゃひどい」

「荒らされた感じもするな。この集落襲われたんじゃないか？」

たどり着いた集落は、ひどい有様だった。木で作られた家は荒らされ、集落の周りには焦げたあとがあらゆる場所にある。

巨大な足跡なんかもあるので、どこかのモンスターに襲われたに違いない。

もともと古そうな家なのに、さらに荒らされているせいでもはや家と呼べるものじゃなくなっているのがほとんどだ。

「これ、村人はもういないとかって落ちはないよな？　住める状態じゃないだろ」

俺達が集落に入ってから誰からも話しかけられないし、なんなら人影も全く見ない。荒らされて、捨てられた集落なんだろうか。

「あの大きな建物向かってみないっすか？　あの建物だけ不自然に無事だし、何かあるかもしれないっす」

セージが指さした先にあるのは、集落の中でもぶっちぎりで大きな建物だ。

木造なのは集落の他の建物と変わらないが、どうしてか大きな建物だけは他のものに比べて新しく、綺麗だ。

「他に情報を入れる手段もないしな。あの建物ならまだ人も住めるだろうし、もしかしたら人がいるかもしれない」

大きな建物に到着すると、扉に大きな貼り紙がつけられていた。

『急募　力ある者を求む　我こそはというものはこの扉を開かれたし　村長、ドーマ』

とても簡単な文章だ。ただ、この文から俺達が望んだ状況が先に待っているのが分かる。

「クエストだな。面白い」

「やったすね！　絶対初めてここにきたプレイヤー限定のやつっすよ。やっぱここに来るってアイディアは間違いじゃなかったっす！」

「落ち着けって！　とりあえずこの建物に入らせてもらおうぜ」

はしゃぐセージをよそに、俺は取っ手に手をかける。

鍵はかかっておらず、ギギギと少し嫌な音を立てながら扉が開かれた。

さすがにクロを家の中に入れるわけにはいかないので、俺、ハイパリカム、セージの順番に家の中に入る。

「お？　中もかなり綺麗だな」

「ほんとっすね。もっとボロい感じだと思ってたっす」

ここは村長の家、なんだろうか。

家の中は綺麗な調度品が置かれ、今まで見てきた家とは違って小綺麗な感じがする。

ただ、家の中には誰もいない。

「誰かいないんすかー!!　勇者様が助けにきたっすよー!!」

セージが家の中で全力で叫ぶ。

助けを求めていたぐらいだし、ここから逃げ出したってことはないだろうが、何処《どこ》に行ったんだろう。

室内の様子を伺っていると奥から老人が姿を見せた。

「だだだ誰だ!?　もしや、貼り紙を見てなお入ってきてくれたのか!?」

「おじいさんが望んでた救世主っすよぉ。うちらはこの村に何が出来るっすか？」

「ありがたい……。わしはお主達のような人を待っていたのじゃ」

セージが話をうまいこととりまとめ、村長は村の内情と村がこんなボロボロになった経緯を詳しく教えてくれた。

どうやら近くにいる悪魔が力を急につけ、村を襲いに来るようになったらしい。

今までは大した力もなかった悪魔なので、始めは村人だけで退治出来ていたらしいが、力をつけてからは手も足も出せず、村をめちゃくちゃにされたようだ。

「それで、うちらにその悪魔を倒してほしい、と。そういうことっすね？」

「その通りじゃ。奴らは何か隠し持っているはずじゃ。お主達の力になるものが手に入るに違いない」

「どう思う？」

「悪魔が強化されるアイテムを俺達が使えるとは到底思えないが、何かしらアイテムは手に入るかもしれないぞ」

「いいっすねぇ。レアアイテム好きっすよ。悪魔でも何でも討伐してやりますよー」

二人は悪魔が手にしているアイテムに興味津々らしく、心なしか目をギラつかせている。

村長はそんな二人を見て満面の笑みだ。

「ありがたい！　では、悪魔の住処まで案内しよう」

緊急クエスト『悪魔大掃討』を開始します。
アンデット族討伐数　０／５０００
悪魔族討伐　０／５００

悪魔将軍　０／１０
ダークロード・ルシル　０／１
残り時間七日

村長の声と同時に、ポップアップが出現した。

大掃討というだけあって、今までやってきたクエストとは偉い討伐数の違いだ。

四桁のモンスター討伐なんて話にも聞いたことがない。それに制限時間付き。

全員でクエストを突破する時間は限られているだろうし、今日このタイミングでクリアした方が良い。

「これ、やれるのか？　モンスター強かったら結構シャレにならない難易度な気がするんだけど……」

「わしらには他に頼るすべはない。今は村人達は避難しているが、じきに悪魔達にばれるだろう。それまでにはなんとかしてほしいのじゃ。頼む」

「パパッと解決してやるっす。おじいさんは大船に乗ったつもりで待ってるといいっすよ」

村人がいないと思ってたら避難してたのか。確かに、こんな空に浮かんでる島じゃ悪魔にばれたら一巻の終わりだ。

村人がどうなろうと知ったことではないが、クリアしてレアアイテムが貰えるなら頑張るしか選択肢はない。セージが村長から色々情報を引き出したあと、すぐに悪魔の住処へ直行した。

「場所的にはこの近くなんだろうけど、滝しかないよな？　あの爺さん洞窟が悪魔の住処って言ってなかったか？」

「洞窟と言っていたはずだが、確かにないな」

村長は村を北に行ったところにある洞窟に悪魔が根城を構えていると言っていたが、それらしきものは全くない。前にあるのは巨大な滝だけだ。

高度数十メートルから落ちる滝は大迫力でそれだけで楽しめるが、今の俺達に必要なのはマイナスイオンの癒しパワーではない。

ガッツを呼び出し、辺りを探索していると、

「マスター！　滝の裏に洞窟みたいなのがありますけど、これって奥に行って大丈夫ですか？」

ガッツがついに俺達の目的を見つけたらしい。遠くから俺を呼ぶ声が聞こえた。

あのじじい、洞窟が滝の裏に隠されてるなら最初からそれを言えよな。

「やったっすね、これでやっとクエストが進められるっすよ」

セージが喜んでガッツのいる洞窟のいる方へと走っていく。いつにもましてテンションが高いし、結構浮かれてそうだ。

「このおばさん誰です？　マスターの知り合いですか？」

「お、おばっ⁉　うちは一八歳っす！　というか、ちゃんと顔見えてないのにおばさんって大分失礼っすよね⁉」

進化したとはいえ、ガッツの見た目はまだ一二歳程度だ。

今の見た目からすれば、セージの外見は悲しくもおばさんのラインに入っているらしい。顔見えてないけど。

「おい、いつまで遊んでるつもりだ。洞窟が見えたならさっさと突入するぞ」

「うぅ……分かったっす」

ちんたらしているとハイパリカムに怒られそうなので、俺もセージの後について洞窟へと向かう。

巨大な滝とはいえ、隠れていたので小さいかと思っていたが、洞窟の入り口は高さ五メートル近くある超巨大なものだった。

俺達は滝の裏に回り、洞窟の中の様子を窺う。

中は真っ暗かと思ったが、ご親切に等間隔に松明で地面が照らされている。

洞窟内からは風音が聞こえてくるし、中の作りの細かさが伝わってくる。こんな誰も来ないようなところでも細部までこだわっているとは恐れ入った。

「始めるぞ。準備はいいな」

「もちろん」

「いつでもいいっすよー！　さっさとクリアしたいっす！」

全員の準備が整ったところで洞窟に足を踏み入れると、ゴゴゴ！　と地面が揺れる。

あたりを見回すと、地面から骸骨が湧いて出てくる。

その数は止《とど》まることを知らず、わずか五秒程度で俺達は数十体の骸骨に囲まれていた。クエストの中にはアンデッド族を倒すって項目もあったので、こいつらもクエスト攻略のための一つだ。

「こいつらを無視するとクエスト攻略に支障が出そうだし、面倒だけど全部倒すからな？」

「ふっ。当たり前だ。こんな奴らを相手に逃げる必要なんて全くないからな」

「もちろんっす！　やりますよ！」

「久々の戦闘でワクワクします。マスターの力に立てるように頑張ります」

少し煽ってみたが、全員やる気満々だ。周りは地獄よりもひどい光景になっているが、全員武器をとって戦闘の準備を整えた。

しかし、そんな間にも骸骨は数を増していく。まるで大都会東京さまの人工密度のように辺りが骸骨で埋め尽くされてしまった。

「いくらなんでも増えすぎだと思うんですよね……」

「ぐるぁ！」

「関係ないです！　僕達で全滅させてやりますよっ！」

『**スケルトンナイツ**』　**Lv35**
出てきた骸骨達は剣と鎧を装備しているが、レベルも大したことない。骸骨達はゆらゆらとふらつきながらゆっくりと俺達の方に向かってくる。

しかし、この程度のレベルだと分かってしまえば全く恐れることはない。

なにせ俺達には対多数のエキスパート、ハイパリカム大先生がいるのだ。さっき見せてくれた魔法を一発ぶっぱなしてくれるだけで問題は一発で解決だ。

ガッツやクロが気合を入れているところ悪いが、ここで体力を消耗したくないし魔法一発で解決してもらおう。

チラリとハイパリカムの方を見ると、自信満々そうにニヤリとしながら頷いた。

「一発でかいの見せてほしいっす。入り口でつまずくわけにはいかないっすからね」

ハイパリカムは一歩俺達の前に出ると、杖を二本構える。

魔法使いの上級職は杖二本持ちがデフォルトなのかもしれない。

そのままハイパリカムは魔法を発動させる。

「上級魔法──猛牛電流《バイソンライトニング》──」

すると、大きさ三メートルは超えるだろう、雷で作られたバイソンが出現した。二本の角からは大量の電流を放出し、辺りにいる骸骨達はバイソンのタックルを受けて吹っ飛ばされる。しかし、カタカタと奇妙な音を立てながら立ち上がった。

「チッ。こいつら雷の耐性を持ってるかもしれん。レベル35程度で今の攻撃が耐えられるわけがない」

「それは厄介だな。ハイパリカムより広範囲で攻撃出来る奴なんてここにはいないぞ」

「それならうちらが残った奴らを倒せばいいだけっすよ。それぐらいの仕事はしてもいいんじゃないっすか？」

「ちょっと、不服ですが仕方ないですね」

確かに、スケルトンナイツ達の体力はハイパリカムの魔法を受けたことによって半分以下になっている。骸骨自体は大量にいるが、俺達が追撃をいれればすぐに倒せるだろう。

「クロ、ガッツ。やるぞ」

俺が声をかけると、二人は嬉しそうに声をあげた。

嬉々として戦闘を開始し、二人はあっというまに骸骨を木っ端みじんにしていった。

数千体はいたはずの骸骨は全て姿を消し、辺りは再びシンとした空気に包まれる。

緊急クエスト『悪魔大掃討』
アンデット族討伐数　5000／5000
悪魔族討伐　0／500
悪魔将軍　0／10
ダークロード・ルシル　0／1
残り時間七日

クエストを見てみると、アンデッドの必要討伐数に達していた。

なるほど、出現するモンスターの上限数が決まっているらしい。

となると、順番的に次は大量の悪魔族だ。

討伐数が多いということは、一匹一匹が強いというわけでもないんだろう。洞窟内という狭いフィールドなのが引っかかるところではあるが、次の段階も敵にはならなさそうだ。

俺達の洞窟侵入を阻むものもいなくなったので、中を警戒しつつもゆっくりと歩を進める。

「洞窟内の視界は非常に悪く、数十メートル先までは暗くて何がどうなっているのか分からない。これだと俺達のこと攻撃し放題だな。松明とかで辺りを照らす手段とかない？　その類俺は一切持ってないんだ」

「あるぞ。俺の魔法で周囲を照らせばよい。──ライト──」

ハイパリカムが手のひらから白く小さな光を出現させる。

暗く、見にくかった周囲が照らされ、ゴツゴツと歩きにくい形をしている地面の姿があらわになった。

便利な魔法だ。確かに、暗いところにいけばいつでも使えるし使う場面は多くあるんだろう。しかし、何故貴重なスキルポイントを消費してまでこのスキルを獲得したんだ……。

もっと汎用性の高いスキルなんていくらでもあったはずなのに。

「俺が先頭で進んだ方が良さそうだな」

本来はNG行為だが、光源でもあるので魔法使いのハイパリカムを先頭に洞窟を進んでいく。いつでも先陣を切れるようにしながら洞窟を進んでいくと、ハイパリカムが突然立ち止まった。

「おい、あそこに何かいるぞ」

手を上にあげ、遠くまで光が届くようにすると、確かに天井からぶら下がる黒い影のようなものが、遠くの岩に映っている様に見える。

よくよく確認してみると、それは天井についてる大量の蝙蝠《こうもり》だ。

灯りに照らされたことで大量の目が俺達に向けられているのが分かる。

「わわっ！　だいぶきもいっすね！」

セージが上を見て声を上げると、蝙蝠達はいっせいに羽ばたき、俺達の方に向かって突っ込んできた。洞窟が全て埋め尽くされるような、そんな大群だ。壁が押し寄せてきてるようにすら見えるが、この大群をどうやって処理するのか。

『デビルバット』Ｌｖ４０
レベルを見てもやはり大したものではない。

狭いし逃げられないが、それは相手も同じことだ。

「毎度ハイパリカムにかっこいいところを見せられてちゃ俺達の立場が危ういからな。ここは俺達でやらせてもらうぞ」

ハイパリカムを後退させ、俺達が前に出る。

「俺もお前達があれからどれだけ強くなったか見たいとは思ってたから丁度良いな。スマートに決めてくれるんだろ？」

杖を出して今にも攻撃しようとしていたところだったので申し訳ないが、守られっぱなしっていうのも情けない話だ。クロもガッツもフラストレーションがたまってきているので、このあたりで発散させてあげよう。

「当然だ。クロ、ガッツ。準備は出来てるな？」

「もちろんですっ！　いつでも良いですよ」

「ぐるぁ！」

二人からも良い返事を聞けたので、バフを二人にかけたあとに剣を構える。

「一発目からでかいのぶっぱなしてやれ、クロ!!」

「ぐるぁぁぁぁ!!」

クロが両手足を地面につき、反動をこらえる格好になってからスキルを放つ。黒獄炎の派生スキルのD―フレアだ。黒い龍の姿をした炎を放ち、辺り一面を黒い炎で焼き尽くす。

大きさ四メートルほどのドラゴンではあるが、この洞窟でならかなり広範囲をカバーすることが出来る。案の定、蝙蝠達はクロの放ったD―フレアによって消滅していく。

壁のようになって襲ってきていたデビルバット達だったが、風穴を開けたかのように目の前が開けた。あとはクロが撃ち漏らしたのは俺とガッツで処理するだけだ。なんとかクロの攻撃から逃れたデビルバットも、俺達の追撃によって一瞬で消滅した。

「この程度だったら実力を出すまでもないな。まだまだ隠し玉があるぞ」

「それは俺も一緒だ。ここのボスで全開放させてもらうよ」

俺達がデビルバットを瞬殺したことに、ハイパリカムもどこか満足げだ。

「うちとしてはさっさと実力を見せろよって感じなんすけどね？　まぁ、楽しみにしてるっすよ」

何故か上から目線で接してくるセージを無視して、俺達は洞窟の中を進んでいく。

洞窟を進むにつれ、ハイパリカムの灯りに照らされて黒い瘴気《しょうき》が辺りに漂い始めた。村長のじいさんが言っていた妙な力を身に着けた、っていうのはこの瘴気が関係しているかもしれない。

「なんにしても奥に行けば分かることだ。まぁ、先がどうなってるのか分からんがな」

ハイパリカムは奥に進みながらも先を照らそうとするが、やはり照らすことは出来ない。

瘴気は薄く、少し暗いだけだが光を通さない仕様らしい。

クエストを見ると悪魔族の退治はすでに済んでいるようなので、次のステップに移れるようだ。

残っているのは悪魔将軍討伐とボスっぽい名前のモンスターを討伐するだけだ。

これから先は数も絞られてくるわけだし、強力なモンスターを相手にするだけだろう。

黒い瘴気も進むにつれて濃くなってきているし、いつ接敵してもおかしくない。

「あっ、何かいるっぽいっすよ」

「あれは……なんでしょう。よく分かりませんでした」

しばらくすると、セージが先に何かを見つけたらしい。

俺はうまく確認できなかったが、ガッツもそれを視認したようだ。

「どんなのだった？」

「人影に見えたんですけど、瘴気のせいですぐにうまく見えなくなっちゃいました」

「つまり、敵がもう目の前にいるってことだ。全員戦闘準備！」

全員が武器を持ち、モンスターの襲来に備える。

すると、近くを漂っていた黒い瘴気がなくなり、目の前に一一匹のモンスターが姿を現した。

一〇匹のモンスターは背中に一対の翼を生やし、鎧を着こんでいる。

そして、残りの一匹が問題だ。

白と黒の翼を生やし、奥にある椅子に一人だけ座っている。

顎には白いひげを蓄え、やや不衛生な感じはあるものの、仙人的な雰囲気がある。

『よくぞここまで来た。我の子達は全て殺してくれたようだな』

座った目で俺達を見つめ、ぼそりと言葉をこぼした。

「お前、誰だ？」

『我の名はルシル。いずれ悪魔を支配するものだ』

数が数なので予想は出来ていたが、こいつらが俺達の討伐対象で間違いないようだ。

「それは都合が良い。お前らを全滅させるためにここに来たんだ」

「そうっすよー。何で強くなったのか分からないっすけど、うちらはそれを奪いにきたっす」

セージが村長の言っていたことを口にすると、ルシルは顔を顰《ひそ》めた。

『その情報を何処で……。いや、知られているならお前達全員殺してやろう。悪魔結晶は絶対に渡すわけにはいかんのだ』

重々しい雰囲気のわりには口の軽いルシルは強さの原点があることを教えてくれた。その悪魔結晶とやらを強奪出来ればこいつらが手にした強さは奪い取れるってことだ。

「よく見れば後ろに大層なものがあるな。黒い瘴気を出してるし、あれが悪魔結晶で間違いないだろ」

次いで、ハイパリカムが奥に置いてある杯を指さした。

中には黒い結晶が入っており、そこからはさっき俺達も見た黒い瘴気が辺りに放たれている。

「なるほどなぁ。あれを強奪するか、直接ルシルを潰せば俺達の勝ちってわけだ」

「そういうことっすねぇ。出来れば悪魔結晶は破壊せずに奪い去りたいところっすね」

『そんなことを許すと思うか！　これをあと二つ集めれば我は最強の悪魔として覚醒することが出来るのだ』

本当に。本当に口の軽い悪魔だ。

こんな簡単にベラベラ内情を話してくれるなんて、実は親切なんじゃないかとすら思えてくる。もし、ここにあるのも含め悪魔結晶を三つ集めたら何か出来るのかもしれない。

悪魔結晶を破壊するのも一つの選択肢だと思っていたが、強奪するのが最善のようだ。

レアアイテム奪取だ。いつもより気合を入れて戦おうじゃないか。

「さっさとこいつらを潰すぞ。ここにはおしゃべりに来たわけじゃないからな」

「このましゃべってても色々情報をくれそうな気はするんだけど……。まぁ、確かにモンスターといつまでもおしゃべりしてるってのもおかしいよな」

「ぐるぁ!!」

「マスター、ついにちゃんとした戦闘ですね！　頑張ります！」

全員の意識が戦闘に向き、武器を構える。

俺達の雰囲気を察したのか、相手の悪魔達も武器を構えた。

『悪魔将軍』　Ｌｖ５０
『ダークロード・ルシル』ＢＯＳＳ　Ｌｖ１５
情報が表示されたが、確かに悪魔将軍のレベルは高い。

しかし、ルシルに関してはびっくりするぐらいレベルが低い。おそらく、悪魔結晶の力で強引に自身を強化してるんだろう。レベルから能力値が完全に推測出来ないので、本当に未知数だ。

「これは要警戒っすね。最初から全力でやった方がいいっすよ」

「だろうな。何処まで強化されているのか全く見えん」

ルシルのステータスを見て、他のメンツもどこか心配そうだ。

ただ、この狭い洞窟内では戦略なんてたてられないし、真正面から叩き潰すほかない。

「俺が雑魚を片付ける。その間はちゃんとボスを受け持ってくれ」

「了解」

「雑魚一〇匹は俺達で相手にするんだから、そっちこそあっさりやられるなよ？」

ハイパリカムが悪魔将軍一〇匹の討伐を受け持ってくれることになったが、さすがに壁が一枚もないのは問題なのでガッツをハイパリカムの支援にいかせることにした。

こと対多数においてハイパリカムを超える奴はいないし、ルシルの力が未知数な以上この組み分けが最善だろう。

「ざ、雑魚だと⁉　我々を雑魚だと言ったのか‼」

「許さん！　我ら将軍は悪魔族の中でも最強の部類よ」

ハイパリカムが煽ったことで、悪魔将軍達が顔を赤くする。元々青い顔をしていたのに、よくもまぁそんなに色をコロコロと変えられる。

ハイパリカムとガッツが俺達から離れると、悪魔将軍は真っ赤な顔になりながら二人を取り囲む。

「さぁて、俺達も戦いを始めようじゃないか」

『侵入者は全滅させるだけよ。覚悟するが良い』

俺達がルシルのところに向かうと、ルシルは重そうな腰をゆっくりと持ち上げた。

〝ハイパリカム、ガッツvs悪魔将軍〟、〝俺、クロ、セージvsルシル〟の戦いが、今始まる。


「対多数は得意だが、持久戦は不得手でな。速攻でけりをつけさせてもらうぞ」

「了解です！　壁は任せてください！　何をしてくれても大丈夫です！」

ガッツが悪魔将軍の中に飛び込みスキルを発動させて全員吹っ飛ばす。

ハイパリカム達の戦線は俺達からかなり離れた位置に移動していった。

被弾の心配もないし、これなら俺達も自分の戦いに集中出来る。

「さて、残りは強引に自分を強く見せてる悪魔もどきだけだ。一人でちゃんと戦ってくれるのか？」

『ふん。我が脆弱だったのは昔のことよ。力を手にした今は世界最強に手をかけてる存在よ』

ルシルは、どこか自信ありげに答える。

確かに、この島では最強の存在になったんだろう。井の中の蛙だったってことを教えてやる。

「セージ、俺とクロも前線で戦うタイプだけど、お前はどうなんだ？」

「盗賊なんでうちも前線で戦うっすよ。取り囲んでボコボコにするっす」

「ぐるぁ！」

「了解。それじゃ囲んでボコるぞ！」

散開し、ルシルを囲んでから攻撃に移る。

セージの戦い方はどんなものか分からないが、俺達はいつもやっていることをやるだけだ。

「クロ！　ガンガンスキルぶっぱなしていけ！」

「ぐるぁぁ!!」

クロがルシルのもとに突っ込み、ボルテックススラッシュで斬りつける。

雷を伴った攻撃は鋭く、強烈だ。

ルシルは手に持った杖を前に突き出し、攻撃を受け止める。

ガキンッ!!

鈍い音が周囲に響く。

人間と同サイズにも関わらず、クロの一撃を真正面から受け止めるのは、さすがだ。

感心して見ていると、ルシルの背後からセージが接近していた。

「それ、貰うっすよ」

『何っ!?』

セージはルシルの真後ろに行くと、何かのスキルを発動させてルシルが持っていた杖を奪い取った。

『なっ!?　何が起きた!!』

「盗賊、舐めてもらっちゃ困るっすよ？　これが本業っすからね」

セージはニヤリと笑みを浮かべる。

奪い取った杖をぐるぐる振り回し、かっこよくポーズを決めた。

「それ、使えるのか？」

「モンスターの装備は奪い取っても使えないっす。相手の能力を落とすだけっすね」

なるほど。それでもボスモンスターの能力を落とせるなら十分だ。

「でも、それで終わりじゃないっすよ。こうすればっ！　──分解──」

セージがスキルを発動させると、杖がバラバラにされた。

ただ細かくなったのではなく、素材ごとに分離させたようだ。

「これで、モンスターの持ってる装備はうちのもんっす。なかなか強い武器を持ってるモンスターはいないんすけどね？」

『わ、我の杖がぁぁぁ！！！』

ルシルが顔を押さえて悲しんでいる。

さっきまで重鎮のような雰囲気を出していたのに、すでに仮面が剥がれてきている。

これでルシルが弱体化したのは確かだ。この好機を逃す手はない。

「クロ、一気に攻め落とすぞ！」

「ぐるぁぁぁ!!」

動揺して隙だらけになっているルシルを相手に、俺とクロは二人で攻撃を畳みかける。

二人で挟み込み、互いにスキルを放った。

『ぬおっ⁉　この卑怯者め！』

前後から突き上げられ、ルシルが天井に身体を叩きつけられる。

べちゃりと音が聞こえ、心なしか薄くなって地面に落ちてきた。

「今です！　打ち込んでください！」

「上級魔法―雷電―」

離れた位置からはガッツの声に合わせてハイパリカムが魔法を放つ音が聞こえた。

暗かった洞窟全体が明るく照らされ、悪魔将軍達が木っ端みじんになっているのが見えた。

ガッツはハイパリカムの雷を直撃していたが、吹っ飛ばされることもなくまるで雷を生み出しているかのように魔法の中心地でかっこよくポーズをとっていた。

「意外と余裕そうだな。やっぱ強引に強化しただけの奴は大したことなかったか」

「ボス戦だと思って期待してたのに残念です。使ってるアイテムが良いだけだとこうなるから面白くないです」

合流した二人は俺達がルシルを痛めつけているのをしっかり見ていたらしく、落胆の声をあげた。

『どいつもこいつも我を馬鹿にしおって……。この魔石の力を使えば、我はさらに強力になるのだ‼』

こいつ……。言われてることを何一つ理解してねぇ……。

「ふふっ。アイテムを使ってくれるのはうちとしてはありがたいっすね」

セージはさっきと同じことをしようとしてるのか、下卑た笑みを浮かべている。

このボス、普通に戦いさえすればこんなことにはならなかったのに、今まで手にしてきたアイテム全てセージに奪われるんじゃないか。

『うぉぉぉ！』

ルシルは手に持った紫色の魔石を発動させたらしく、身体が紫色の光で包み込まれた。

細かった腕や足は太くなり、どこか容姿も若々しくなっていく。

見た目からも明らか強化にされているのが分かった。

『これだけではないぞ！　我の魔石を全て開放してやろう!!』

ルシルは手に大量の宝石を取り出す。赤、青、黄、緑。

全ての魔石を開放させたらしく、どんどん容姿が力強くなっていく。

ルシルが腕を振りかざすと、洞窟の地面が裂けた。

「うそだろっ。岩ごと破壊するってどんな威力してんだよ！」

「今の攻撃はくらったらまずいな。確定で死にそうだ」

魔石一つでどれだけ強化されているのか分からないが、これ以上余計な強化をされるわけにもいかない。そのためには、まず無力化するしかない。

「セージ、やれ」

「命令しないで欲しいっす。まぁ、全部奪い取ってやるんすけどね？」

『クハハハハハ！　今の我から魔石を奪おうだと？　奪えるものならやってみるが良い!!』

ゴリゴリのマッチョになったルシルは高笑いをしながらセージを見下す。

力を増したことで随分と調子に乗っているようだった。

ただ、セージはニヤリと笑う。今度はさっきとは違うスキルを発動させたらしい。

「このゲームで最強の盗賊の真の力、見せてやるっすよ」

セージの身体が黒い靄に包まれる。

ルシルは完全に防御を固めていたが、セージの姿が消えて姿を見失った。

キョロキョロと周りを見て、周囲を警戒する。

「こっちっすよ。まぁ、もう魔石はうちのもんっすけどね？」

『バ、バカなっ!!』

先ほどルシルが持っていた魔石をセージは見せつける。

「変な石を取ったなら、もうやっていいですよねっ！」

「良いぞ。あんなへなちょこやっつけてやれ」

『力を失ったところで、そんな小僧一人に負ける我ではないわっ!!』

魔石の力も失い、ヒョロヒョロになったルシルがガッツとタイマンでぶつかる。

大元の力となっているものは残ってはいるが、全開放してた時に比べてしまえば大したことない。

「乖離二式、いきますっ!!」

ガッツは乖離二式を発動させ、ルシルに何度も攻撃を打ち込む。

本来近接戦闘がメインではないだろう、ルシルはそのままガッツの攻撃に何も抵抗出来ずに消滅していった。

クエストを見てみると、全ての討伐が完了している。

これならルシルが復活することもないだろうし、空島は完全攻略したといって良さそうだ。

「さて、最後はあれっすよ。一番奥にある」

セージが指さしたのはこの洞窟の最奥にある、杯に置かれている石だ。

黒い瘴気を出していた石だが、はたしてあれはなんだったのか。

全員それに興味津々だったらしく、ルシルがいなくなったのを確認した後は全員で奥にある杯のもとに向かった。


黄金の杯に入っている黒い石は瘴気を出すのを止めている。

中に入っている石は直径一〇センチ程度で、サイズは大きくない。

今までルシルが持っていた魔石と比べてみても最小のサイズだ。

恐る恐る石を持ち上げる。

『悪魔結晶』☆7
悪魔に絶大な力を与え、他の種族の力を根こそぎ奪い取る悪魔の魂が込められた石。
三つ集めて特定の場所で使用すると、悪魔を召喚し、使役することが出来る。

―『ナオ』様が悪魔結晶を獲得しました―

アイテムを獲得すると、全プレイヤーに向けてテロップが表示される。

二人は期待を寄せて俺のことを見るが、内容を見る限り二人の期待に応えられそうにはないな。俺としては大歓迎の内容だ。悪魔を召喚出来る、それが分かっただけでもありがたい。

「悪魔の力を増幅させて、召喚獣を呼び出すための石みたいだ」

表示された情報とともに、魔石を含め持っているものを全てセージに渡す。

アイテムの内容をしっかり確認すると、セージは微妙な表情を見せた。

「これ、召喚士にしか需要ないアイテムっすね。ルシルから色々奪っておいて正解だったっす」

「そういや、大量に魔石取ってたよな。どんな感じなんだ」

「全部見せるっすよ」

セージは手にした魔石を全て俺に渡し、どんな能力があるのか見せてくれた。ルシルが魔法使いだったこともあってか、基本的には魔法を強化するためのものばかりだ。

正直、俺が持っても売るしか使い道がないようなものしかない。

「レア度としては悪魔結晶の方が上だが、俺達にはそれは必要ない。ナオはセージが盗った魔石は必要か？」

「いや、いらないな。セージが獲得したアイテムだし都合の良い話だが、分配は俺が悪魔結晶でハイパリカム達が残りの魔石全てで良いか？」

「それで問題ない」

セージから悪魔結晶だけ回収し、他の魔石は全てセージとハイパリカムのものとすることで合意した。

洞窟でやれることも終えたので、俺達は一度村に戻ることにした。

なお、悪魔結晶の入っていた黄金の杯は地面に張り付いて離れることはなかった。

あれを売れれば大金になっただろうに……。

◆

「村長いるっすかー？　全部片づけましたよー」

村長の家に戻ったところで、セージが大きな声で呼びかけるとガタガタと家の中から音が聞こえた後に扉が開かれた。

「な、こんなに早く退治されたのですか⁉」

村長は目を丸くして驚く。

それはそうだろう。俺達がここから出て行ってからまだ二時間も経っていない。自分達の村を崩壊まで追い込んだ相手があっさりと倒されたのだ。

「さっきの石のこと聞いてみたらどうだ？　ここは普通の土地とは違うわけだし、何か知ってるかもしれないぞ」

「確かに、一理ある」

ハイパリカムの案に乗り、インベントリから悪魔結晶を取り出す。

村長は悪魔結晶を見てもピンとこなかったらしく、首を傾げた。

「これを三つ集めると召喚獣を呼び出せるらしいんだ。近くに、祭壇的な不思議施設はあったりしないか？」

「三つ、三つか……。そうだ！　村の近くに一つ、三又に分かれておる変なものがあるのだ。もしかすると関係あるかもしれんな」

村長に詳しく話を聞いてみると、村を東に進んだ森の中に石で作られた祭壇があるらしい。

三又に分かれており、先端には黄金の杯が設置されているようだ。

おそらく、ルシルが悪魔結晶を設置していたものと同じだろう。

「あと、これは少ないがわしらを救ってくれた礼じゃ。受け取ってほしい」

村長から、俺達全員に小さな袋が渡される。

「これは？」

「空島で取れる特別な種じゃ。きっとお主達の力になるだろう」

『天空の種』☆5
天空島で繁殖している植物の種。うまく成長させると特別なアイテムが生る。

おそらくこれがクエストの正式な報酬だ。

正直洞窟で貰ったものと祭壇情報だけで十分だが、貰えるものは貰っておこう。

インベントリにしまったあと、俺達は村を後にする。祭壇は近所にあるらしいので、一度見てから始まりの街に帰ることにした。


村長の案内に従って森を進むと、俺達は村の東にある祭壇に到着した。

「こりゃ、なかなか大した作りだな」

「思っていた以上に禍々しい。さすが悪魔を呼び出す祭壇って感じだな」

村長に教えられた祭壇は黒く、言っていた通り三又になっている。祭壇の中央から広がるように三つに伸びており、それぞれに金色の杯がついている。悪魔結晶を三つ集め、それぞれ杯に悪魔結晶をささげることで悪魔を召喚出来る仕組みのようだ。三又からは中央部にある魔法陣に向かって線が引かれているので、何かしらを伝達する仕組みのように思える。一匹の召喚獣を呼び出すだけの施設にしては、かなり大きくつくられている。

「ナオが悪魔を呼び出したらさらに手をつけられなくなりそうだな。俺も良いアイテムは手に入れられたが、悪魔ほどではないだろうし」

「そうっすねー。でも、結構使えるアイテムを手に入れられたんで満足っす」

現状、この島にあるトラブルは解決してしまったし、やれることは全て終わったはずだ。

祭壇を確認した俺達は、クロに乗って始まりの街へと飛び立つ。

「いやー、大満足っすよ。レベルもだいぶ上がりましたし、ナオさんに連れてきてもらって正解でした」

「この高さまで複数人連れて空を飛べる奴なんてそうそういないからな。本当に助かった」

三人で今回の冒険と、得た魔石の用途について話しながら進んでいると、行きとは違って視点が地面に向いているせいか、大地に妙なものがあるのに気が付いた。

荒野に、ただ一つ巨大な時計がそびえたっているのだ。

上空から見てもそれが分かるということは、かなりサイズのあるものだろう。

「セージ、地面に時計みたいなのがあるんだが、あれが何か知ってるか？」

「いや、見たことないっすね。分からないっす」

このゲーム内でぶっちぎりの情報量を持っているセージですら、知らないらしい。

つまり、あの時計について情報を持っているプレイヤーはいないということだ。

時計は始まりの位置からかなり離れた位置にある。空島に行ったからこそ見つけられたが、プレイヤーが目的もなしにそこまで離れた位置に行くのはおかしい。しばらくすればそのうちプレイヤーが見つけていたんだろうが、これも足を使って情報を取りにいった褒美ということだな。

「さすがに連続での冒険は堪える。また時間をみて調査に来ないか？」

「賛成だ。結構激しくやったからな。このまま連続でダンジョンの中に放り込まれるのは勘弁だ」

荒野にポツンと置かれている時計なんて普通ではないし、確実になにかしらのイベントは発生することになる。

「そうしよう。ハイパリカムはMP回復アイテムとかも結構消費してるだろうし、諸々準備をしてから挑戦ってことで」

「その方が助かる。今回の冒険でレベルも上がってるし、新しいスキルも獲得出来るからな」

さすがにクエストを一つ攻略した後には全員飛び込む気になれず、一度解散して、後日準備を整えてから巨大時計のダンジョン（仮）に挑戦することにした。

第1章
もう一人の最強

後日、ハイパリカムからメッセージが届いた。

どうやら一人で荒野に置かれていた時計に行ったらしく、情報がずらりと並んでいる。

時計は俺達が睨んでいた通りダンジョンになっているらしいが、どうやら一人でダンジョンに潜ることは出来ないらしい。

「なるほどね……。結構面倒だな」

六人じゃないと潜れないらしい。そんな細かい情報を何処で知ったのかと聞いたが、時計の近くにいた老人が全て教えてくれたようだ。とにかく、最強の六人を集めろと言われたらしい。

セージは強いにしても最強クラスと呼ぶには一段落ちるので、今回のダンジョン攻略に連れていくのは止めたようだ。ただ、だからと言ってメンバーがいなくてはダンジョンに突入することも出来ない。

そこで、俺が強いプレイヤーの知り合いを集めることになったのだ。

ハイパリカム、俺、クロ、ガッツ。この四人が現時点のメンバーだ。一パーティは六人で構成されるので、残り二人集めないといけない。俺が知っている最強のプレイヤーと言えば夕だ。ハイパリカムから連絡を受け、すぐに夕に連絡した。

メッセージ：ナオ
一緒に行ってほしいダンジョンがあるんだ。それと六人で挑むダンジョンであと一人足りてないいんだが、強いプレイヤーの知り合いいないか？

メッセージ：夕
いる……。あまり得意な子じゃないけど……。

ざっくりこれまでの流れを説明すると、夕は一人心当たりがいるらしい。正直、夕に知り合いがいるなんて思ってもいなかったので、聞いといて失礼だが意外だった。

メッセージ：ナオ
どんな奴なんだ？　そんなに強いなら前のイベントで目立ってそうだけど、夕の知り合いっぽい感じの奴はいなかったよな。まさか、コリチ……？

メッセージ：夕
違うっ！　悪い人ではないけどあの人とお話はしてないの。

強いプレイヤーで夕と絡んでるのなんて後はハイパリカムぐらいしか見たことがないが、一体どんな奴を連れてくるつもりなんだ。

メッセージ：夕
レイアっていうの。ハイパリカムに聞けば分かると思う。

メッセージ：ナオ
それじゃ、レイアに言って今から荒野の時計まで来れるか聞いてくれよ。
メッセージ：夕
来られるよ。レイアは暇だもん。あ、今連絡したら早速向かうって言ってる。
ど、どんな奴なんだ……。夕の知り合いにしては随分とフットワークが軽い奴だ。
メッセージ：ナオ
強さは間違いないんだよな？
メッセージ：夕
間違いないよ。ハイパリカムに聞けば分かる。
夕がここまで他のプレイヤーのことを称賛するのは珍しい。よほど強いプレイヤーなんだろう。今から会うのが楽しみだ。
夕もすぐに時計に向かってくれることになったので、俺も急いで準備を済ませて荒野にたたずむ時計に向かうことにした。

時計に到着すると、ハイパリカムは退屈そうにぼーっと空を眺めていた。

「おまたせ。とりあえず夕には声をかけたよ」

「ナオから頼んだなら間違いないな。それで、あと一人については夕が連れてくるって話だったが、どんな奴なんだ？」

直接聞こうと思って内緒にしていたが、ハイパリカム的にも一緒に冒険する奴が誰なのか気になっているようだ。俺は知らないが、ハイパリカムなら見当がつくらしいし、聞いてみるか。

「レイアって言うんだが、心当たりあるか？　夕がハイパリカムに聞けば知ってるって言ってたぞ」

「あ、あいつかよ……。確かに夕と同じレベルで戦えるとしたらあいつ以外にいないな」

「そんなに強いのか。でも、イベントの時は上位にいなかったよな？」

「β時代に近接最強って言われてたのがあの二人なんだ。気まぐれだし、イベントは参加してなかったんじゃないか？　あいつがあのイベントに参加して上位に来ないなんてこと考えられないしな」

なるほど。確かにイベントは一日しかやっていなかったわけだし、都合が合わなかったり、その場で気乗りせずに参加しなかったってことは十分ありえる。俺からしたら信じられない話だが、そういうタイプの奴がいてもおかしくない。

「強いのは分かったが、どんなタイプなんだ？」

「攻撃特化、だな。本当に火力を出すことしか考えてない奴なんだ」

「おぉ！　その変な仮面と杖はハイパーだなぁ！　ひっさしぶりじゃん！」

俺がハイパリカムに色々聞こうとしたところで、聞き覚えのない声が遠くから聞こえてきた。そちらを見てみると、金髪ショートヘアの女性の姿が見える。

赤主体の軽装に身を包み、真っ赤な大剣を二本背中に装備していた。

「ず、随分派手な子だな」

「悪い奴ではない。悪くはないが、全く何も隠さずにぶつけてくるからメンタルにダメージを受けないようにな」

β時代に何かあったのだろう。ハイパリカムは何か辛いことを思い返すかのように、哀愁《あいしゅう》を帯びた表情で上を見上げた。

「何コソコソ話してるの？　悲しいなぁ」

よよよ、と泣きまねをしながらレイアがハイパリカムの背中をバシバシ叩く。さっきまで遠くにいたはずなのに、少し目を離しただけで急接近だ。一瞬遠くで炎が出たように見えたが、レイアが発動させたスキルなのかもしれない。大剣を二本も装備しながらこの速度だ。さすが強者が口を揃えて強いというだけあって、只者ではないらしい……。

「それで、そっちのお兄さんが召喚士のナオだよね？　私はレイア！　よろしく！」

「よろしく頼む。夕とハイパリカムの話でかなり強いって聞いてるよ」

「ふふん。実力には自信があるから任せなさい」

レイアは胸を張って自信満々の顔を俺達に向ける。胸を張って……で、でけぇ……。

メロンでもついてるのかってぐらい胸が張っていた。露出度の高い装備を着ているせいでそれが余

計に際立っている。よく見れば顔も美人でモデルみたいな整った顔立ちだ。

クロとガッツを呼び出し、それぞれ挨拶させる。

「よろしくお願いします！　ガッツです！」

「ぐるぁぁ!!」

「うん、よろしくね！」

「む。もうみんな集まってた」

そうこうしている間に、夕も合流したのでこれまでの経緯とこれからの説明をハイパリカムからしてもらった。その後、全員で時計まで向かう。

「時計の近くに老人がいてな、とにかく最強の六人を集めろって言われたんだ。集めたら時計の中にあるダンジョンに入ることを許すって言ってたな」

時計の前には、杖をついた老人がひっそりと立っている。この爺さんがダンジョンに入るための審査員的なポジションか。

「六人ちゃんと連れてきたわけだが、これで入れてくれるか？」

「面白いメンツを連れてきたものだ。確かに、このダンジョンに入るに相応《ふさわ》しい」

帽子のせいで目元がしっかり見えないが、爺さんは口元をニヤつかせていた。ハイパリカムの人選に満足したらしい。

「この時計はミステリークロック。時代を繋ぐ特別な時計だ。中には貴重な財宝も眠っている」

爺さんの言葉に俺達三人の目が合う。全員中の財宝奪取をもくろんでいた。ただ、レイアは財宝にはあまり興味がないらしい。いまいち納得していない様子だ。

「私としては、強い奴と戦えればそれで良いんだけど？　中はどうなってるの」

せ、戦闘狂……。

レイアの言葉にガッツの目が見開かれた。驚きとともに感動しているんだろう。こんなに戦いにどん欲なプレイヤーはいなかったので、戦闘大好きのガッツとしてはよほど嬉しかったらしい。

「お嬢さんの期待には応えられるだろうよ。中にいるものは強者ばかりよ」

「いいねっ！　お爺さんの言うことを信じて、期待させてもらうよ」

中にどんなモンスターがいるのか分からないが、俺としてはレイアの戦闘スタイルが気になって仕方ない。細身の身体に二本の大剣でアンバランスだ。

「では、行くが良い」

爺さんが持っていた杖を地面にトン、と軽くつくと時計が逆回転を始める。

すぐに景色が切り替わり、荒野とは全く違う場所に立っていた。

「これは、随分と豪勢な建物だな」

「すごいねぇ。あと、モンスターも多いねぇ」

空は夜で暗いが、目の前には巨大なステンドグラスで壁を作られた、巨大な建物がある。俺達の位置から一直線に道が伸びており、街灯のデザインも凝っている。

そして、豪華絢爛な建物にたどり着くまでには大量のモンスターが犇《ひし》めいている。サソリ型のモンスターや、象の形をしたモンスター、妖怪らしきモンスターなど種類が豊富だ。レベルも高く、平均して50は優に超えてくる。

このモンスター群を相手にどうやって戦うのか作戦を練ろうとしたところで、レイアが俺達の一歩前へ出た。

「みんなは正式サービス始まってから互いに実力を見せてるんだろうけど、私だけ一度も見せてないんでしょ？　まずは私の実力を見てくれると嬉しいな」

背中に装備している大剣を一本抜き取り、モンスターに向ける。

「た、楽しみです！　頑張ってください！」

まだ戦ってもいないのにガッツの中では憧れの存在的なポジションに落ち着こうとしているのか、ガッツには珍しく戦いには参加せず見守ることを決めたようだ。

「ありがとねー。ただ、こんな雑魚相手じゃ全力を出す必要もないんだけどさ。力の一端ぐらいは分かるんじゃないかな」

レイアがゆっくり前に出ると、近くにいたモンスター達は全員レイアの方をギロリと睨みつける。奴らのテリトリーに入ったらしく、一斉に攻撃を仕掛けてきた。

「お姉さんが遊んであげる。第一炎舞──大波ノ舞」

レイアと、大剣を紅炎《こうえん》が包み込む。片手で大剣を掲げたあと、地面に大剣を突きさすと炎の波がモンスター達に襲いかかった。高さは十メートル近くある巨大な炎の波だ。

回避不可能の全体範囲攻撃は威力もすさまじかったらしく、波がモンスターを飲み込んでいく。全方位を巻き込んだ炎の波によって、巻き込まれたモンスター達が次々に消滅していくのが見えた。

「ま、こんなもんかな」

炎の波がモンスターを全て飲み込んだところで、レイアが肩に大剣をかける。するとスキルによって広がっていた炎の海はしだいに消えていった。さっきまであたりにいたモンスターは一匹残らず消滅している。

「こんな感じ。どう、結構強いでしょ？」

「うぉぉぉおおお！！！　マスター！　すごい、すごいですよ‼」

「こいつは魔法使いのお株を奪うぐらいの派手さだな……」

「さすがレイアは強い。火力バカなだけはあるの」

ガッツ大興奮は大興奮。目をキラキラさせながら俺に色々話してくれた。

ハイパリカムと夕もレイアが強いのは知ってても驚きだったらしく、顔を引きつらせている。

「バ、バカはないだろぉ！　そんなこと言ったら夕だって敏捷《びんしょう》バカだったじゃないか」

「むっ！　私はバカじゃない。レイアと一緒にしないで」

夕が珍しくむっとしてレイアと言い合いを始めたので、たしなめてから奥の建物に進む。

建物の前まで歩くと、扉が自動で開かれた。一応俺達のことを歓迎はしてくれるらしい。

『よく来たね。歓迎するよ』

聞こえてきたのは女性の声だ。ここのボス……なんだろうか。

「早く出てきてよ。そういうまどろっこしいの嫌いなの！」

「ですです！　早く出てきて戦ってください！」

完全にレイアの虜《とりこ》にされたガッツが一言しか話していないのにブーブー文句を垂れる。

『い、色々言いたかったけど割愛するわ。あなた達には三つの試練に挑戦してもらうの。それを突破すれば私が直接相手をしてあげるわ』

「それで、あなたを倒したら何か貰えるの？　骨折り損のくたびれ儲けは勘弁」

「こっちは爺さんに言われて最強を揃えてきたわけだしな？　それなりの物が欲しいぞ」

『もちろん、勝てたら良いものをあげようじゃないか』

良いねぇ。こんなに敵側から期待させる発言をしてくれるのは初めてだ。特殊なシステムのダンジョンだが、なんとかクリアしてやろう。三つの試練をクリアするにしても、この六人で挑むのなら怖いものはない。

むしろ俺達でクリア出来ないものなら今どのプレイヤーが挑んでも攻略不可だ。

「俺達全員で挑む以上、負けはない。ガッツリ儲けて帰ろうぜ」

「私的にはそれはどっちでも良いけど、ちゃんと熱い戦い用意してよね」

『全員で挑むのではない。試練に入れるのは二人のみ。三つのチームに分かれるのだ』

「全員でクリアするわけじゃないのか……。クロとガッツ、俺でどこかで分離しないとだな」

「それはそれで良いんじゃない？　一人一人が頑張らなきゃクリア出来ないってことでしょ」

『その通り。それに、何処か一つのチームが試練に敗れた時点で全員敗北とみなす』

結構厳しそうなルールだ。さすが、最強を連れて来いと言ってきただけはある。

二人一組ということは、コンビネーションと相性も大切になってくるし、かなり難度の高いダンジョンだ。

『さぁ、チームを選んで先の道へ進むのだ』

女の声とともに、三つの道、そして先に扉が現れる。

一つは布で作られた扉。

一つは木で作られた扉。

一つは竹で作られた扉。

どれを選ぶのかは俺達の自由にさせてくれるようだ。

「さて、どの組み合わせが一番良いと思う？」

「難しい。二人で戦ったことなんて今までないし……。相性も分からない」

「私は誰でも良いよー。敵が来たらただ倒すだけでしょ？」

随分とレイアは簡単に言ってくれるが、ここは慎重に選ぶべきだ。パーティを分離された先で待っているのがボスである可能性は十分にあり得る。適当な組み合わせで惨敗するのは避けないといけない。

「それで、組み合わせはどうするんだ。ナオは自分の召喚獣のどちらかと組むとして、他のメンツが全く決まらない」

「困った。こうなるとは想定もしてなかった」

「あ、あの！　僕レイア姉さんと組みたいです!!」

組み合わせについてみんな悩んでいるところで、ガッツが元気よく手を挙げた。

よっぽどレイアのことが気に入ったらしい。うん、ここまで熱烈なアピールをしてるガッツは初めて見るし、レイアの戦い方はもしかしたらガッツの参考になる部分もあるかもしれない。一度送り出してやるか。

「俺はガッツを応援してやりたいんだが、構わないか？　そうすると、俺とクロ、ガッツとレイア、ハイパリカムと夕って組み合わせになるが」

パワーバランスと相性を考えても、結構バランス良い組み合わせに思える。夕とハイパリカムがどう思ってるか次第だが……。

「私はそれでも良いの。ハイパリカムとの相性は良いと思う」

「俺も問題ないぞ。なんなら俺達が一番強そうだけど、良いのか？」

ちょっと引っかかる部分はあったが、納得してくれるなら良い。残るはレイアだが、誰とでも良いって言ってたし嫌がるようなことはないだろ。

「私もおっけー。この可愛い子と一緒に倒しに行けば良いんだね」

「ね、姉さん！　よろしくお願いします!!」

「部屋は誰がどこに入っても同じだろ。適当に入るぞー」

それぞれのペアと一緒にバラバラの道を進む。俺とクロが布で作られた扉へ、ガッツとレイアが木で作られた扉に。最後にハイパリカムと夕が竹で作られた扉を開く。

『クリアしたら、またここに戻ってくると良い。試練をこなして戻ってくるのを楽しみにしているよ』

女の声を聞きながら、俺達は互いに進んだ。

◆

Side 夕

「ねぇ、コンビネーションとかあまり考えられないんだけど、適当で良い？」

「俺達ならそんなの無しで適当でなんとかなるんじゃないか？　やばかったらその時に考えれば良いだろ」

扉を開いてから気にしていたことを相談すると、ハイパリカムも似たような考えだったみたい。お互いに強いってことは分かってるけど、気を使って戦ってると私達の場合弱体化しちゃいそうだし良かった。

「それにしても、中は質素なんだな。あの建物はやたら豪華だったのに」

「そうだね。すごく厳《おごそ》か」

扉を開いて中に入ると、そこはまた別世界になっている。

和を意識させるデザインで、私達は相撲の土俵の上に立っていた。

目の前には力士のような格好のモンスターが四股を踏んでいる。顔は歌舞伎の人みたいに赤いラインが入っていた。

『ディ・スコ』　BOSS　Lv60

「結構強いね。でも、そんな脅威じゃなさそう」

「そうだな。それじゃサクッとやらせてもらおうか」

「わしは強いぞ。あまり油断しないようにな」

力士はニヤリと笑ってはりてを空打ちする。

「わしのはりては天下一じゃ！　簡単に吹っ飛ばされんようにな？　がはは！」

「やけに強気だが、すぐに後悔することになるぞ」

「そういうカッコイイセリフはわしを倒してから言うんじゃな」

話を終えてすぐ、力士が動いた。

腰を落としたままこちらに向かってくると、早すぎて幻覚が見えるレベルで連続ではりてを打ち込んでくる。

「危ない。至近距離で打ち込まれたらかわせない」

「それなら攻撃させないようにするか。二人でスキルを大量に打ち込めば終わるんじゃないか？」

ハイパリカムのスキルは広範囲を巻き込んでくるから本当は一緒に攻撃するのは嫌だけど……。うん、下手に戦いを挑んで連続攻撃をもらうよりは良いかな。

「良いよ。単体最高火力の攻撃を打ち込む」

「よっし。同時にやるぞっ！」

「何をごちゃごちゃ話してるんだ。わしと戦っているんだぞ!!」

力士がすり足で近づいてくる。

「私からやるよ。クリスタルドレス」

地面を突き破ってクリスタルが現れ、私はそれに巻き込まれる。

地面から突きあがるクリスタルの柱を私は中から砕くと、クリスタルを身に纏った。

背中からはクリスタルの翼を生やし、レイピアは今までの数倍のサイズになる。

「クリスタルマギア」

一突き。クリスタルによって強化されたレイピアで突くと、その先にあったものが全て破壊される。

力士は一撃のもとに吹き飛ばされ、宙を舞った。

「一撃で死なれたら俺の出番がなくなるから勘弁してくれよ。雷神魔術──黒雷──」

空を舞っている力士に、ハイパリカムが体の前で杖をクロスさせて魔法を撃ち込む。

真っ黒な雷が放たれ、直撃した力士はそのまま地面に叩きつけられる。

地面には真っ黒になった力士が倒れていた。

それでも、さすがはボスだけあってＨＰはそれなりにある。動けてはいないけど、耐えることは出来てるみたい。

「こいつじゃ俺達の相手にはならないな」

「うん。私達を相手にするには相性も悪いしちょっと力不足だね」

感電しているのか、いまだに動き出さない力士を相手に大量のスキルを二人で打ち込むと、

「ウウゥワ！　ウゥゥワ！　ウゥゥワ‼」

やたらとエコーのきいた声とともに、何も出来ずに力士は消滅していった。

やっぱり、レベル60程度のボスだと相手にならないみたい。

「もう少し強いボスだった良かったんだけどな。他のメンバーもこれなら瞬殺だろ」

「同じ強さならね？　もしかしたらここが一番弱いかも」

とりあえず、私達のやるべきことは終わった。後は、みんなが試練を乗り越えてさっきの場所に戻ってくるのを待つだけ。

Ｓｉｄｅ　ガッツ

「よ、よろしくお願いします姉さん！」

僕と一緒にダンジョンに挑戦するのはさっきから圧倒的な強さを見せているレイア姉さん。一目見たときから強さと戦いに対するどん欲さに僕は一目ぼれしちゃった。

「姉さんって柄でもないんだけどねぇ。まぁ、死なないように頑張りなよ？」

「はい！　役に立てるように頑張ります！」

先に行って、扉を押す。

僕が開くのは木でつくられた扉だ。

少し古そうな扉を押すとギギギと嫌な軋み音を立てながら開かれた。

「こ、これは……」

扉の先にあったのは部屋ではなかった。

前に見えるのは赤、青、緑。様々な宝石で作られたアクセサリーを付けた女性達。きらびやかな衣装を身に纏い、華麗に踊っている。

「んー？　何これ、歌劇でも見せてくれるの？　私は戦いに来たんだけど」

「どうでしょう。さすがに見せられて終わりってことはないと思うんですけど……」

周りを見ても綺麗な女性しかいない。なんとかそれらしきものを探していると、僕達を囲むように踊っていた女性が、道を作った。

先にいるのは、スキンヘッドの男の人だ。何故か空に浮いている。

ほとんど装備はなく、上半身は裸だし、下は長ズボンをちぎって半ズボンにしたようなものをはいている。

「争いは好まぬが、よくぞここに来た」

「あんたが私達の相手？　綺麗な女の人しか出てこないからどうなるか心配だったよ」

「その通りだ。私の名前はＤａＲｕ。ヨーガの神秘を見せてやろう」

『ＤａＲｕ』　ＢＯＳＳ　Ｌｖ５９
目を瞑り、空中でＤａＲｕは胡坐を組む。悟りを開いてそうな人だなぁ。

「それじゃ、早速やらせて貰おうかな!!」

レイアさんが背中から大剣を抜き取り、戦闘の構えをとる。

「第二炎舞──巨竜ノ蹂躙《じゅうりん》」

レイアさんはさっきと同じように全身を炎で包み、大剣を思いきり振る。すると、そこから炎で象られた巨大な竜が現れ、辺りを食い荒らす。

「これが、ヨーガの神秘だ」

ＤａＲｕの手足がぐにぐにに伸びる。

空に浮いて伸びる手足はとても不気味だ。

「手足が伸びた程度で、そう驚かずとも良い」

身体をゴムのようにしならせ、勢いをつけると、そのまま口から炎塊を吐き出した。

「真っすぐ飛び込んでくるのは嫌いじゃない。真正面から打ち破る」

レイアさんはさらにスキルを発動させる。巨竜が暴れるだけでもとんでもない威力だったのに、巨竜は口から炎を吐き出した。

互いに吐き出した炎塊がぶつかり合い、爆発する。

地面は割れ、近くにあった建物は吹き飛んでいった。

「す、すごい！　僕も、負けてられません」

レイアさんと一緒に戦うためにここに来たんだ。

まだ僕のことを戦えると思っていないかもしれないから、ここでちゃんと示す。

僕がやれるのはただ真っすぐ突っ込むだけ。今のありったけをを込めて仕留める。

「いきますっ!!」

接近戦は僕の領域。

どれだけ身体を伸ばせようとも、超接近戦になってしまえば関係ない。

一直線に飛び込んで、無防備になってるＤａＲｕのお腹に一撃を決める。当然、乖離二式を発動しての一撃だ。

「ヨーガの力は、決して力だけでは捉えることは出来ぬ」

僕の一撃は確かにＤａＲｕを捉えたはずだった。しかし、身体をぐねりとくねらせて人間では無理な体勢で攻撃をかわされた。

「ガッツは悪くないなぁ。悪くないけど、それじゃダメだ。お手本を見せてやる」

「え？」

レイアさんは持っていた大剣を背中にしまう。剣士が、どうして武器をしまってるんでしょう。そう思った時だった。

「真っすぐなのは良いけど、それだけだと上位層には勝てないよ」

レイアさんは僕と同じように、ＤａＲｕに向かって突っ込む。

「何度やっても同じだ。力で押し切る攻撃などヨーガの前では無力」

レイアさんが僕と同じように殴りかかったけど、やはり人間とは思えない動き方でＤａＲｕは攻撃をかわしてしまう。

「うん、そうなるのは分かってた」

攻撃をかわしたＤａＲｕを見て、レイアさんが悪魔のような笑みを浮かべる。

「なっ⁉」

「わざとだよ。今の攻撃をかわすのなんて分かってた」

ＤａＲｕは一旦距離を置くために飛び立とうとしたが、レイアさんに腕をがっちりつかまれる。どれだけ伸びようとも、柔らかく柔軟に動こうとも掴まれてしまえばどうしようもない。

レイアさんはＤａＲｕを地面に倒すと、拳を炎で包み込む火拳でラッシュ攻撃を打ち込む。

「このまま簡単に倒せると思うな！」

ＤａＲｕは身体を回転させ、強引にレイアさんを引きはがす。ようやくレイアさんから抜け出したＤａＲｕだったけど、ＨＰはかなり削られていた。レイアさん、本来の使う武器を使わずにこんなに戦えるなんて……やっぱりすごい！

「レイアさん、援護します！」

「しっかり頼むよぉ。この戦い、結構楽しめそうだからさぁ!!」

レイアさんは完全に武器を使って戦うことを止めたようだ。ただ楽しむために、自分の武器を縛って戦うことに決めたらしい。なんて、戦いにどん欲なんだ。

「剛なる力では流れる水に勝てぬことを知るが良い」

再び僕達は相まみえる。レイアさんがやっていたのは、僕への見本だ。

相手を自分の最終的に打ち込みたい方向に動かす攻撃。今まで真正面からぶつかることしか考えてなかったけど、一歩先に進む。

「速いが、さっきと同じだっ!!」

ＤａＲｕは僕の攻撃をさっきと同じように体をくねらせてかわそうとする。しかし、そうなるのはさっきの攻撃で分かった。どうすれば良いのかもレイアさんに教えてもらった。

これで出来なければ戦いなんてやめた方がいい。

僕が右手の拳をわざと大振りで振りぬくと、ＤａＲｕは身体をくねらせ、コの字になって攻撃をかわしてきた。思っていた通りだ。大きく攻撃を見せることで、相手の回避行動を誘導する技術。

僕は一段上の戦闘が出来るようになったんだ。

「いくぞ！　フィストスパイク‼」

ここで大技を突っ込んだのではさっきと同じだ。逃げられないように、詰みの状態までもっていく。

僕の中で最速のスキル、フィストスパイクを打ち込んでＤａＲｕを空中に打ち上げる。

ＤａＲｕは空を飛ぶことが出来るわけではないので、ただ空から落ちてくるだけだ。僕はそれを待って、自分の中で最高威力のスキルを打ち込む。

「デッドスパイクッッッ‼」

溜めが必要で、本来なら普通の戦闘使えるようなスキルではない。ただ、ここまでのコンビネーション攻撃で強敵を相手に一人でこのスキルを当てられる状況を作り出せた。

さぁ、最後の一撃で幕を下ろそう。

下から突き上げるように、最強の一撃をＤａＲｕの腹にぶち込む。

「あ゛あ゛ぁ゛ぁ゛ぁ゛あ゛あ゛あ！！！」

ＤａＲｕは打ち込まれた拳によって、身体をくの字にして空に吹っ飛んでいった。

レイアさんがそこに追撃をいれる。

「燃え尽きな！　炎流拳‼」

さっき手に纏っていた拳を、空に向かって放出したのだ。

ＤａＲｕもなんとか炎をはいて反撃するが、準備に時間が足りなかったのか貧弱な炎しか吐き出すことが出来なかった。レイアさんの炎に押し切られ、ＤａＲｕは炎に身を焦がされる。そのままＨＰを全て削り切られ、消滅していった。

「やれば出来るじゃん。戦闘の境地へ一歩進んだね」

「はいっ！　レイアさんからまだまだ技を盗みます！　僕、もっと強くなりたいです」

「私を見て色々盗みな。もっと強くなったら、私が直々に相手してあげるからさ」

レイアさんは舌でペロリと唇を舐める。

まるで、僕のことを大好物でも見るかのように見てきて、思わず背筋が凍りそうになった。レイアさんは捕食者って感じだ。

「まぁ、戦いも終わったことだしさっきの部屋に戻ろうか。全員戻ればボスと戦えるんでしょ？」

「そうみたいですね。どんな強いモンスターが出てくるのか楽しみです‼」

◆

「クロと二人で冒険するっていうのも久しぶりだな」

このところ、みんなで冒険することが多かったし、ガッツが生まれてからは二人で戦うってことはなくなってしまった。

こんな機会が訪れることはもうほとんどないだろう。

「ぐるぁ!!」

クロは俺と二人でやれることが嬉しいようだ。ニコニコしながら道を進む。

先にあるのは布で作られた、簡易的な扉だ。

ペラリとめくり、クロと一緒に中に入る。

「こ、こりゃすごいな……。中は別世界じゃないか」

「ぐるぁ」

扉の中は部屋になっているのではなく、開けた空間になっていた。上を見上げれば真っ青な空がある。太陽がサンサンと照りつけてきてるけど、ここはいったい何処なんだろう。

「エ、エジプトか!!」

地面は砂漠。遠くを見てみると、ピラミッドらしきものがある。

周りには何もないが、ここで何をするんだ?

「シュゥゥゥゥ」

「ぐるっ!!」

地面から何かのうめき声が聞こえてきた。しかし、あたりにそれらしき姿は見えない。

「クロ、飛ぶぞ!!」

地面からどんな攻撃が飛んでくるか分からないが、空なら奇襲を受けることはないだろう。クロに乗り、空へ避難する。

「シャァァァ！！！」

俺達が空に飛びあがると、砂から銀色に光る蛇のようなものが出てきた。

太陽に照らされ、ギラギラと輝いているそれは普通のモンスターとは違う。明らかに光を反射している。

「あいつ、何か溜めてないか!?」

身体全体がギラついているせいでいまいち判断しにくいが、どうやら大きく口を開けてそこに光が溜まっている気がする。

「クロ！　緊急回避だ！　あいつ、俺達のこと狙ってるぞ！」

「ぐるぅ！」

クロが急旋回してその場を離脱すると、俺達がいたところに光り輝く塊が大量に打ち込まれた。

「あぶねぇ。クロ、どうやらあいつを倒さなきゃいけないらしい。接近して仕留めるぞ」

「ぐるぅ！」

モンスターの姿さえ見えてしまえばこっちのものだ。クロは一気に下降すると、蛇らしきモンスターに攻撃を仕掛ける。

『シルバースネーク』Lv58
なかなかに強い蛇だが、問題ない。

クロがボルテックススラッシュで相手を切り裂いている間に、俺も雷神斬りで蛇を斬る。しかし、俺達の攻撃で蛇は吹っ飛んだものの、あまり手ごたえを感じなかった。

斬りつけたときに、キンッと音が鳴り、金属でも斬りつけたような感覚があったので、おそらくあの蛇は物理攻撃に対して耐性があるに違いない。

しかし、そんなことで手こずるほど今の俺達は甘くない。防御が硬いならありえないぐらいの連撃を決めれば良いだけだ。

俺とクロのコンビネーションなら容易く出来る。

「クロ、二手に分かれて攻める。最速で決めろよ！」

「ぐるぁぁ!!」

一点からの攻撃では押し切りにくい。俺とクロは二手に分かれ、シルバースネークを挟み込んで攻撃を仕掛ける。

「クロ、ぶちかませ!!　ディアブロクラッシュ!!」

単体攻撃ではなく、周囲一帯を破壊する攻撃をクロに打ち込んでもらう。このスキルは圧倒的な破壊力を誇るので、物理攻撃に耐性のあるシルバースネークでもただではすまない。

「シャァァ!?」

地面ごと破壊する威力にシルバースネークはなんとかその場から飛びのこうとしたが、一瞬で広範囲を破壊するこのスキルから逃げることは出来ない。ガシャリと何か硬い物がつぶれる音があたりに響く。

見ると、シルバースネークの尾の部分がぺしゃんこになっていた。

尾だけですんだことは感嘆するが、これで奴の攻撃手段は一つ封じた。このまま畳みかけてやる。

「――疾風迅雷――」

クロのスキルを使用し、敏捷値を一気に上げる。

シルバースネークに急接近すると、相手のＨＰを強引に奪い取るペインスラッシュで斬りかかった。

「シャァ!!」

しかし、さすがに簡単には倒させてくれないらしい。

潰れた尾を強引に振り切り、俺の攻撃をギリギリで止めた。代償として尾は砕け散ったが、今の攻撃がジャストで決まっていれば勝負はついていた。

「ぐるぅ」

「うん。確かに今のはうまかった」

身体を回転させ、ギリギリで攻撃をさばいたことにクロが感心しているのが分かった。

ＨＰもクロの攻撃と俺の攻撃で減っているが、油断は出来ない。

「クロ、速攻で仕留めるぞ。他のメンツもすぐに倒してそうだし、俺達だけのんびりやるのは無しだ」

「ぐるぁ！」

ハイパリカムに夕。ガッツにレイア。他のメンバーがサクッと戦いを終わらせているところに、俺達だけダラダラと勝ってきたなんてなったら面目丸つぶれになるから絶対に避けたい。

「シュウウ！」

目を今までよりもぎらつかせたシルバーシャークは硬そうな見た目とは裏腹に、身体のバネを使用してクロに噛みつくべく飛び掛かってきた。身体が小さいせいか、弾丸のように速く見える。

「ぐるぁ！」

クロは身体を半身そらしながら飛び掛かってきたシルバースネークをキャッチする。

がっちり掴んだ手を思いきり地面に叩きつけ、シルバースネークを破壊しにかかる。

激しい音がなったが、それでもシルバースネークは壊れない。

「だったら属性攻撃で仕留めるだけだ」

烈火《フレア》・槍月《ロンギヌス》を発動させ、炎の槍を発射する。炎属性を纏った槍はシルバースネークの体を容易に貫通させ、ＨＰを削り取った。

身体を貫かれたシルバースネークはバラバラに分解され消滅する。

「結構時間かかったな……。でも、これで終わりだ」

「ぐるぁ！」

全長一メートルもないモンスターを倒すのにこんなに時間がかかるとは思ってもいなかった。鉱石のように硬いせいか、物理攻撃にかなり耐性があるのは厄介だったな。

クロも俺も基本的には物理攻撃が主体になっているし、属性が付与された攻撃をもっと獲得していった方が良いかもしれない。

課題の残る戦いだった。

ドロップアイテムは何もないようだし、もうここに用はない。

「さぁ、戻ろう」

「ぐるぁ」

クロを連れて扉を出る。他のグループはすでに戦いを終えていたようで、館の広間らしき場所でのんびりとくつろいでいた。

「よぉ、遅かったな」

「そんなに待ってないでしょ。何でそんな強がってるの」

ハイパリカムの発言に夕が速攻で突っ込んだ。

「それで、これからどうなるんだ？」

「さぁ？　ナオが出てきて初めて全チーム突破になるわけだし、これからなんじゃない？」

壁に寄りかかっていたレイアがあくびをしながら答える。確かに、部屋に入る前のアナウンスでそんなことは言ってたな。なら、これから何かしらの動きがあるってことか。

『よくクリアしましたね。まずは褒めてあげます』

「むむっ。それで、私達は次何をすれば良いの？　さっさと全部クリアしたい」

「そうだな。ろくにドロップも貰えず、大した経験値も入らないダンジョンなんて無価値だ。こんなゴミダンジョン早々に後にしたい」

『手厳しいねぇ。次の相手は私なわけだけど、クリアしたらかなりレアリティのアイテムを手に入れられると思うよ』

ここまで何も手に入れられてないのにそう言われてもいまいちやる気が出ないんだよなぁ。

それはレイア以外同じ意見らしく、眉間にしわを寄せていた。

「私としてはその伸びきった鼻をへし折れれば満足かな？　さっさとやろうよ」

『随分血に飢えた奴がいたもんだね。それじゃ、案内するよ』

女の声が聞こえると、俺達の目の前に時計が現れる。あらゆる箇所に宝石を埋め込まれた、高級感を前面に押し出した時計だ。

チクタクと時計が逆回転に動く。ぐるぐると逆回転の速度が速くなっていくと、あたりの景色がどんどん変わっていく。周りに映っている景色は日本、中国、エジプト、インド。世界中の景色が映る。

そして、最後はジャングルだ。辺りに茂る木々のせいで視界は悪くなったが、どうやら近くには何もいないらしい。ジャングルにいるにもかかわらず、何一つ物音がしない。

「ジャングルか。かなり戦いにくいところに飛ばされたな」

「やりにくいけど、関係ない」

「はい！　どんな場所でも勝ってみせます!!」

各々この場についての感想を口にするが、辺りへの警戒は怠らない。さっきの女がこの辺りにいるのは間違いないのだ。どこから攻撃が飛んできてもおかしくない。

『ようこそ。美の根源へ』

不意に、上から声が聞こえた。全員で見上げると、木の上にダイヤのように銀色で、黒い斑点が美しい豹が俺達を見下していた。

「お前がさっきからちょろちょろ俺達に声かけてきてた奴か」

『そう、私の名前はパンテル。美の象徴』

確かに。この豹は美しい。いくらでも眺めていられそうなほどだ。

「何でもいいよ。あんたは強いんだな？」

『私は強いよ。さぁ、始めようか』

無音でパンテルは地面に降り、真っ赤な瞳が俺達を見据える。ダンジョン最後の戦いが、今始まる。


「まずは僕達が行きます！」

「ぐるぁぁ!!」

先制攻撃を仕掛けたのはガッツとクロだ。乖離二式と疾風迅雷を発動させ、最速の状態でパンテルの懐に潜り込む。目にもとまらぬ速さで二人は飛び込んだはずだったが、その先にはパンテルはいない。

真正面から二人が飛び込んだのもあったせいか、パンテルに背後をとられ、鋭い牙と爪で二人は切り裂かれた。

「ぐぁっ!?」

かなり威力があったらしい。クロの巨体すら吹き飛ばし、木々を何本も折っていった。

クロを簡単に吹き飛ばしたのを見て、レイアの顔つきが変わる。さっきまで退屈そうだったのに、今は目をギラギラさせていたのだ。

今の攻防で強さを目にして、戦闘スイッチが入ったらしい。

「加減は無しだ。いくよっ!!」

背に持っている剣を今回は二本とも抜き、辺りの木々を破壊しながら突き進む。

『ぐうっ!!』

二つの大剣を叩きつけられて、パンテルの体が地面に埋もれる。

片方の大剣はなんとか受け止めていたが、二つ目はかわしきれず、背中を思いきり斬りつけられていた。ただ、かなりの硬度らしくレイアの攻撃を受けても傷一つついていない。

「やるぅ。思いっきりやったのに全然HP減ってないじゃん」

レイアはダメージをいまいち与えられてないことに対して何故か満足そうだ。

『私の身体は絶対の強度を誇る。この防御を突破することは出来ない』

調子に乗っているパンテルに、俺も隙をついて攻撃を仕掛けたが、やはり硬すぎていまいちダメージが通らない。

おそらく、パンテルの体はダイヤモンドか何かで出来ているんだろう。あれを突破するのはなかなか骨が折れそうだ。

「あいつの防御、どうやって突破するんだ？　魔法にもかなり耐性持ってそうだが」

「あの程度の装甲なら俺がぶち抜いてやる。その後は任せたぞ」

戦いながらも硬い防御を突破する方法を検討していると、ハイパリカムが声をあげた。確かに、普通に殴り倒すよりは魔法攻撃の方が突破しやすそうだ。

「仕方ないけどハイパーに任せるね。あとは私達がやるから手を出しちゃだめだよ」

「それはお前ら次第だけどな？　とりあえず、あの装甲を破壊するから待ってろ」

ハイパリカムは両手に持っている杖を上に掲げる。

『何をしようと私の防御を貫くことなど出来ない』

「ぬかせっ！　雷神魔術─黒雷槍グングニル」

ハイパリカムの目の前に、黒雷で作られた巨大な槍が出現する。バチバチと音を立てながら、パンテルに向けて槍が放たれた。

『こ、この力はっ⁉』

さすがに、ハイパリカムの一撃には目を見張るものがあったらしい。パンテルは今までと違い、攻撃に対して防御の構えをとる。

薄い膜を作り出し、迫りくるハイパリカムの槍を受け止める。

辺りにはバチバチとバリアと槍がぶつかり合った音が鳴り響いた。

「押し切れ！　雷神魔術─黒雷源強化──」

ハイパリカムが追加で槍の威力を上げると、パンテルが張っていたバリアを突き破り、身体を覆っていたダイヤモンドを粉々に粉砕した。

『ぐぁぁ‼』

「これであなたを守るものはない。速攻で決める」

ここで夕が動く。パンテルが余計なことをする前に沈めるつもりらしい。

黄金に輝くレイピアを勢いよく突き出し、ハイパリカムが作り出した防御の薄い箇所にダメージを与えていく。

「夕にいいところ持っていかれちゃつまらないよなぁ!!」

「クリスタルインパクト」

夕と一緒に、レイアが凄まじい一撃を放つ。二人の攻撃は赤と青が混じった光線となり、パンテルを打ち抜いた。

『ぐふっ！　まさか、これほどとは……』

さすがの攻撃力に、パンテルの装甲も打ち抜かれたこともあり、一気にＨＰがなくなる。そこに復帰したクロとガッツが攻撃を打ち込んだことでパンテルは消滅した。

「このメンツでやったのに随分てこずったな」

「ハイパーがいなかったら大分時間かかってたねぇ。さすがに防御硬すぎだよ」

確かに、レイアの攻撃すら守り切るパンテルの防御力はとてつもないものだった。

「何か、落ちてますね」

パンテルが消えたことで、そこにいくつかドロップアイテムが落ちている。それをガッツが回収し、俺達に見せてくれた。

そこにあるのは、パンテルと同じく、銀と黒で出来た宝石のような球体だ。合計六つ落ちているそれは、一つ一つが、直径五〇センチほどある。中はぎっしり詰まっているらしく、かなり重さを感じた。

「これ、装備になるのか？」

「分からない。正直期待してない」

「私はなんでも良いけどねぇ。戦い自体はそこそこ楽しめたし」

みな口々に言うように、ドロップアイテムに対しての期待値はかなり低いようだ。

俺も一つ受け取ったので、どんな中身になっているのか確認する。

『銀豹塊』☆6
世界に広がった美が具現化された物。うまく加工することが出来れば、とてつもない力を宿すことになる。加工は極めて難しく、失敗すれば銀豹塊は消滅する。

レアリティも高く、それなりに貴重な品には違いないらしい。

俺としてはいまいち使う気になれないが、このアイテムを素材に装備を作ることが出来れば、それなりの品になるのかもしれない。

「カタログ的には良いと思うんだけど、夕はこれで装備作れそうか？」

「詳細見てみると、結構良さそうだね。これで装備作ったら良いかも。一応作れるよ」

ドロップしたときはこれっぽっちも期待していなかった夕だったが、アイテムの詳細を見て考えが変わったらしい。確かに、この文言の素材だった期待出来るよな。

俺は合計で三つアイテムを手に入れたわけだし、これでガッツの装備でも作ってやるとしよう。これから先、戦えるようなちゃんとしたやつをあげれば戦力としては大幅な増強になる。

「ならガッツの装備をそれで作ってくれないか？　未だに俺のおさがりを装備させてて可哀そうだったんだ」

「そういえばナオがかなり昔に使ってた装備を付けてるね。ガッツ君の装備は私が作ってあげる。ついでに私の装備も作っちゃおうかな」

「良いんですか⁉　夕さんに装備を作ってもらえるなんてとっても嬉しいです！」

装備の話を聞いて、ガッツが凄まじい勢いで食いついてきた。まだ生まれてそんなに日は経ってないが、新しい装備は欲しいよな。戦闘厨だし。

「うん、任せて。早速やるね」

「おう、頼む。武器も防具も作れるもの全部やってくれ」

夕がこの場で装備を作ってくれるらしいので、入手した銀豹塊を三つ渡す。俺とクロの装備はある程度整っているし、この三つで出来る限りガッツの装備を作ってもらうことにした。

前作ってもらった時と同じように、夕が素材をぐにぐにと成形していく。

そして、パンテルと同じ銀豹の装備一式が仕上がった。

「すごいですっ！　キラキラしてます！」

身を隠すことは全く出来なさそうなデザインだ。ダイヤモンドのようにギラギラと輝いている。

「これ、思ってたよりも強い」

「デザインも可愛いよな。これならガッツにぴったりだ」

「俺が使うにはちょっときついデザインだな……。完全に女子向けだ」

近くにいたハイパリカムが、出来上がった装備を見て残念そうな声を上げる。

ガッツのような可愛らしい容姿ならまだしも、ハイパリカムのミステリアスな雰囲気に豹柄はいけない。仮面がついてることもあって、大阪の怪しい人みたいになってしまう。

「ハイパリカムは良いとして、これはガッツ君に渡すね」

夕は作成した装備一式を俺に手渡す。

どうやら、装備は武器も含め全て作製することが出来たらしい。俺は受け取った装備のステータスを確認する。

『カルテーヘルム』☆6
美を象徴した兜。一式装備することで特別な力を得る。
筋力+25
敏捷+10
『カルテーアーマー』☆6
美を象徴した鎧。一式装備することで特別な力を得る。
筋力+15
敏捷+15
『カルテーガントレット』☆6
美を象徴した籠手。一式装備することで特別な力を得る。

筋力＋２０
『カルテーレッグ』☆６
美を象徴した靴。一式装備することで特別な力を得る。
敏捷＋２０
『パンテルパターン』☆６
美を象るグローブ。世界を繋げる力を持つ。
攻撃＋４０

カルテー装備フルセットボーナス：〈タイムレスシンボル〉〈攻撃力超強化〉

「っ、強いな……」

「でしょ。私もびっくりした」

俺とクロが使ってる装備よりも全然強いんだが……。それに、何より可愛い。ガッツが銀豹の装備を身に着けたらどうなるか楽しみだったが、思っていた以上に可愛らしい。

「マスター！　どうですか！　どうですか！」

初めて自分のために作ってもらった装備にガッツはウキウキだ。俺達に見せるようにくるくると回る。

「似合ってるじゃん」

「レイア姉さんありがとうございます！」

「私も何かの装備に使ってみようかな。防具にしちゃうと足りないから嫌だけどね」

「アクセサリーなら素材を使う量も少ないし良さそうだな」

装備も完成し、ダンジョンも完全攻略したので俺達はダンジョンの外に出る。

最強プレイヤー達の集うパーティはその名の通り、苦戦を強いられることなくダンジョンの完全攻略を成し遂げた。

「ガッツ、期待してるよ」

「はい！　レイア姉さんに追い付けるように頑張ります!!」

別れ際、レイアはガッツに意味深な言葉を残して去っていった。

ガッツは何故かやる気に満ちているし、この短期間の間に二人に何があったというんだ。

少し疑問は残ったものの、俺達はそのまま解散した。

この最強パーティで、近いうちにまた戦いに臨みたいものだ。

第2章
師弟の絆

後日、俺達がいつものように狩りをしているときのことだった。

先日ダンジョン攻略でフレンドになったレイアからメッセージが飛んできた。

メッセージ：レイア
ちょっと頼みたいことがあるんだけど

メッセージ：ナオ
どうしたんだ？

前回のダンジョンでたくさん話したわけではないので、正直意外だった。そこまで仲良くなったわけではなかったが、どうしたのだろう。

レイアから詳しく話を聞くことにした。

「なるほどなぁ……」

少し前に体験したような話だが、どうやらレイアは到達出来ない島を見つけたらしい。海の先に見えるので泳いで行こうとしたが、渦潮に阻まれて先に進めないらしい。空から行くことが出来れば突破出来そうなので、俺達を足にさせてくれとのことだった。

どいつもこいつも俺達のことを足としか見ていないらしい。

少し悲しい気分になったが、この類の依頼で前回美味しい思いをしてるので、ないがしろにするわけにはいかない。

レイアに連れて行くことを伝えると、集合場所を指定された。レイアはすでにその場所にいるらしいので、俺とガッツはクロに乗ってレイアのもとに急行する。

「レイア姉さんに会えるなんて嬉しいです！　もう会えないかと思ってました！」

ガッツは元々レイアのことを気に入っていたが、ボス戦を一緒にクリアしたあとからはレイアにゾッコンだ。

ダンジョンの後から戦いに対する姿勢が全然変わっているので、もしかしたらレイアから良いアドバイスを貰ったのかもしれない。

「ぐるぁ！」

「見えてきたな」

クロが吠えたので先を見てみると、海辺とは正反対の真っ赤な装備を身に着けたレイアの姿が見える。いつもながら派手な姿をしているので、かなり距離があっても簡単に見つけることが出来た。

「久しぶりだねぇ。遠路はるばるようこそ大海へ！」

「それで、レイアが言ってた島ってのはどれのことなんだ？」

「もう少ししたら出てくるよ。あの島は日が沈んでからじゃないと姿を現さないんだ」

今のゲーム内時刻は、19時。太陽はすでに海に消えかけており、空には満点の星々が顔を覗かせている。

島が夜になったタイミングで姿を現すのなら、もう少し待っていればレイアの言う目的地が出てくるはずだ。俺達は謎の島が出現するのをその場でしばらく待った。

「お、出てきたな」

そうして、少し時間が経ったときのことだった。

突然レイアが海を指さす。俺達もそちらを見てみると、確かにレイアの言う通りさっきはなかったはずの島がそこには出現していた。

「随分面白いものを見つけたな。それで、あの距離まで泳いだってのはマジなのか?」

レイアが指さした島は、陸から見てとても小さく見える。

仮に島がそこまで大きなものでないにしても、とてもじゃないが泳いで行けるような距離には思えなかった。

「もちろん。でも、どうやっても渦潮が邪魔してくるんだ。あれは泳ぎじゃどうにもならないよ」

レイアは真面目な顔で呟くがただただドン引きだ。いくらゲームとは言え頭ぶっとんでやがる。

「レイア姉さんが言うなら間違いないです! クロ先輩に島に連れて行ってもらいましょう!」

「ぐるぁぁ!!」

クロもいつにも増してやる気満々だ。突如闇に浮かぶ島。このミステリアスな雰囲気が気に入ったのかもしれない。

「二人もやる気満々だし一緒に行くのは良いんだが、あの島について何か情報とか入手してるのか?」

「ない」

「ですよねー。分かってました」

お前は何を言ってるんだ？　とレイアは口にしなかったが表情からそう言う気持ちが感じ取られた。

多分、レイアからしたらその場に行けるかどうかが問題で、島に何があるかは問題じゃないんだろう。

「マスター、早速行きましょう！　いつまでもここにいたら島がなくなっちゃうかもしれません！」

「何！　それはまずい。ナオ、早く島に向かおうじゃないか」

ガッツの言葉に、レイアが少し焦りを見せた。島が夜しか出てこないということは、消えてしまったら次に出現するまでに時間がかかる。いくらゲーム内時間がリアルより早いとはいえ、次のチャンスを待つには時間がかかりすぎる。

俺達は早速クロの背中に乗り、闇夜の海に浮かぶ島に向かうことにした。

月に照らされ、真っ暗な海を進む。

しばらく空をかけていると、ようやく島が大きくなってきた。

真っ暗な海に浮かぶ島は、ほとんど灯りがない。

「暗すぎて見えないね。そこは私がなんとかする」

あまりにも暗すぎて着地場所を決めかねていると、レイアが手のひらから炎を出し、辺りを明るく照らした。

「レイア姉さんさすがです！」

「ふふん。戦いだけじゃなくてこういう小技も出来るのさ」

レイアはガッツに持ち上げられて少し誇らしげな表情を浮かべる。

「これなら着地場所も問題なさそうだな」

あまりにも暗すぎて着陸をためらっていたが、照らされた島は平地だし近くにモンスターの気配はないので俺達は島に着陸した。

「このままだと何処に進んで良いのかも分からないな。レイア、なんとか出来るか？」

「もちろん。この魔法の規模を広げるだけだよ」

だけってことはないと思うが、レイアは上空に火の塊を打ち上げる。

ある程度の高さまで打ちあがると光の強さを高めてあたりを煌々と照らす。まるで小さな太陽だ。

「すごい！　これなら島がどうなってるのか丸わかりですね！」

「ぐるぁ！」

ガッツとクロの言うように、レイアのおかげで島がどうなっているのか明らかになった。そして、一部気になるものを見つけた。

「あれ、空島の時と同じじゃないのか？」

島は大半が平地だが、一つだけ大きめの山がある。唯一ある山から、黒い何かが漂っているのだ。山から出ているのだから煙、と考えることも出来る。しかし、それにしては動き方が歪《いびつ》だし、雰囲気が違う。

おそらくあれは悪魔結晶が放出する黒い瘴気だ。

「レイア、もしかしたらこの島に結構強いモンスターがいるかもしれない」

「ほんとかっ!? そいつは何処にいるんだ？」

山を指さすと、レイアは首をかしげた。

ただ煙が上がっている場所を指さしてもピンとくるわけなかったな。

「俺が前戦ったボスで、あの山の煙を出しているような奴がいたんだ。前はハイパリカムと一緒に討伐したんだけど、なかなか曲者だった」

実際は雑魚が悪魔結晶で超強化されているだけだったが、母体が弱くてもあそこまで能力を底上げされていたのだ。もし、基礎ステータスが高い奴が悪魔結晶を所有していたら、とてつもない脅威となるだろう。

「サクッと山を制覇しよう！ 周りにモンスターもいないし、このままだとただのハイキングに来ただけになっちゃう」

ボスについて話したらレイアのテンションは一気に高まったらしい。今にも走り出しそうなので、適当にたしなめながら島中央にそびえ立っている山へと足を運ぶ。


見るものもなく、モンスターも出現しないので、俺達はどんどん山を登った。

「敵の縄張りに入ったみたいだな」

「ここに来るまで退屈だった……。早くやろう」

しばらく山を進んでいると、先に黒い靄の塊が複数うごめいているのが見えた。悪魔結晶の黒い瘴気が固まっているような奴らだ。雰囲気は邪悪以外の何物でもない。

「もう開放しちゃっていいぞ。随分待たせちゃったしな」

「一発目貰っちゃうからねぇ！　譲らないよ」

レイアは背中に用意している大剣を一本引き抜くと、先にいる黒い瘴気の塊に突っ込んでいく。俺達もフォロー出来るように近づいていくと、モンスターの情報が表示された。

『ソウルイーター』Lv58
思っていたよりもレベルが高い。もしかすると、黒い瘴気が形にされているだけあってかなりポテンシャルを秘めているかもしれない。

「レイア、油断するなよ！」

「あったりまえ！」

レイアは一瞬俺の方に振り向き、ウィンクした。モンスターの情報はレイアも見られているはずだし、それを見たうえでこの余裕か。

ソウルイーターはすぐ近くにいるのは一〇匹程度だ。こんな何もない場所で戦闘を始めれば近くにいる奴らは全て感知してくるはずなので、辺りのモンスターは全て消し飛ばさないといけなくなる。

レイアがせっかくテンション上がっているのに水を差したくないし、今回の戦闘に関しては見物させてもらうことにした。ガッツとクロはレイアの加勢に行きたがっていたが、それも止めた。

ガッツに関しては、ちゃんとした場で前回獲得したカルテー装備のスキルを使用したいんだろうが、我慢してもらった。これからいくらでも戦う機会はあるし、今は余計なちょっかいを出してレイアのテンションを下げたくない。

「戦いに参戦するのは駄目だが、フォロー出来るようにいつでも動けるようにはしといてくれ」

「レイア姉さんなら大丈夫だとは思いますけど、僕はいつでも動けますよ！」

「ぐるぁ！」

意気揚々とソウルイーターの群れに飛び込んでいったレイアは、ド派手なスキルを発動させる。

「第三炎舞──神楽」

辺りの景色が変わるのと同時に、レイアの姿も変わる。

軽装だった装備はゴテゴテとした歌舞伎装備に変わり、片手を突き出して大剣を肩にかける。

「派手に、決めるよ‼」

大剣を振りかざすと地面がわれ、そこから炎が噴き出す。炎に焼かれたソウルイーター達はダメージを負ったものの、さすがにレベルが高いだけあってそれだけでは倒れない。

攻撃したのがレイアだとすぐに気づいたソウルイーター達は、こぞってレイアの方に飛び掛かる。

身体自体が黒い靄になっているせいで、どんな攻撃をしかけるのか想像もつかない。

ソウルイーター達は声を発せず、黒い網のようなものを出現させた。

一〇匹全員が網を飛ばしたせいで逃げ場はない。

暗い場所で黒い攻撃。広範囲に網を飛ばすなんてただでさえ回避が難しいのに、色まで見にくくされたら実質回避不可能だ。レイアも例外ではなく、ソウルイーターの放った黒網に捕らえられた。

「ＨＰ削られてるけど助けた方が良いかー？」

網は捕らえるためではなく、それ自体が攻撃だったようだ。レイアはそれなりにＨＰがあるはずだが、それでも重ねて網攻撃をくらってるせいかガンガンＨＰが減っていく。

「いらないっ！　こういう戦いの方が燃えるもんな!!」

唇をペロリと舐め、レイアは悪魔よりも悪魔らしい笑みを浮かべた。背中に装備していた大剣をもう一つ手に取り、次のスキルを発動させた。

「第四炎舞―鳴神」

レイアが大剣を地面に突き刺すと、竜が出現する。黒網に覆われて動けなくなっていたが、竜は黒網を突き破り、一気に上空へ飛び上がる。

そのまま竜は雲を作り出した。すると、雲から炎の雨が降り注ぐ。最初はポツリポツリと降っていた炎の雨だったが、次第に勢いを増していく。一〇秒も経ったころには、辺りは火の壁でもあるかのように、勢いよく炎が降り注いだ。

辺り一面に炎の雨を降らしているので超広範囲攻撃だ。回避なんて到底不可。そして、なによりも炎の火力が凄まじかった。ソウルイーター達は炎の雨を受けると、ＨＰが目に見えて減っていく。炎の雨の量が増えたころには、ソウルイーター達は全滅していた。

それも、近くにいた一〇匹だけではない。少し離れたところにいた奴らも全てだ。

辺りを一掃したレイアは、満足げに俺達のところに戻ってくる。

「楽しかったぁ！　レベルが高いだけあって少しは楽しめたよ。ここのモンスターのボスなら、それなりに期待出来そうだね」

「はい！　レイア姉さんと久しぶりに戦えるの楽しみです!!」

「まずは、悪魔の巣窟に入るための入り口を探さないといけないな」

モンスターから見ても、この島に悪魔結晶があるのは間違いないだろう。ボスのところに行くには悪魔結晶の瘴気をたどれば良いわけだ。

ただ、入り口らしきものは辺りを見回しても見つからない。

「直接殴り込みにいくしかないいな」

「強引なんだからっ！」

レイアは頬を手に当て、いやいやと柄にもなく乙女な仕草をする。

「茶化すなって。これが一番早いんだよ」

「分かってるよ。でも、本当は強引なやり方の方が私は好きだよ」

悪魔結晶の瘴気に飲み込まれると辺りが確認出来なくなるし、あまり良い方法とは言えない。入り口を捜索して順を追って進みたいが、入り口を見つけられずにグダグダしているよりはマシだ。

「クロ、周りが見えなくなるから慎重に頼むぞ」

「ぐるぁ！」

黒い瘴気は山の頂上から出ている。下手な動きで落下なんてした日には、全滅は間違いない。クロならそんなことにはならないと思うが、一応念押しするとクロは強く頷いた。

全員でクロの背中に乗り、瘴気を垂れ流している山の頂上へと翔けた。

「これは……」

「すごいですね……。何処まで続いているのか全く見えません」

山の頂上にまで到達し、俺達は黒い瘴気がどこから出ているのか見えるところまで到達することが出来た。しかし、そこには衝撃的な景色が広がっていた。

山の頂上には大穴が開いており、何処までも深く下まで続いているのだ。

レイアにスキルを使って照らしてもらっても底が分からない。黒い瘴気が邪魔しているとはいえ、相当深いものになっているだろう。

「見てても何も始まらないよ」

「そうだな。行こう」

警戒していた俺達を、レイアは不思議そうに見る。このまま下を見ているだけでは何も進展がないので、暗闇に突っ込むようにクロに指示を出す。

先の見えない瘴気の中に飛び込むと、辺りに敵性反応を感知した。

ここ最近ほぼ活躍していなかった索敵スキルが、ついに役に立ったのだ。見えない場面でこれは助かる。

「俺達の真下にモンスター四匹！　多分俺達に気づいてるぞ！」

見えない場面で、真下から攻撃を受けるのは不利なんてものではない。

そのまま真下に直行すれば集中砲火を受けるだけなので、クロは大穴のスペースをフル活用して、敵の攻撃を受けないようにしながら下降していく。

攻撃を目視することは出来ないが、時折壁に何かがぶつかる音が聞こえてくる。どうやら向こうは俺達のことを完全に捉えているようだ。

索敵スキルで捕捉することは出来ているが、目視出来ていないのは相当不利だ。

「クロ、いきなり大技ぶち込んでやれ!!」

「ぐるぁ！」

敵が何処にいるのか分からない。何をしてくるのかも分からない。

なら、相手が何も出来ないように封殺するだけだ。

クロはディアブロクラッシュを真下に打ち込み、広範囲に攻撃をまき散らす。

「グァッ!!?」

数発打ち込んだことによって、敵に被弾したらしい。悲痛な声が下から聞こえてきた。

「みぃつけたぁ！！！」

声が聞こえた場所にレイアが攻撃を放つ。

炎のレーザー攻撃のようなそれは、レーザーの周囲を照らしつつ通り道にあるものを全て破壊する。

「馬鹿なっ！　この漆黒の中で攻撃を当てるなど!!」

レイアは索敵スキルなんて持っていない。しかも、放ったレーザーは広範囲を巻き込むようなものではなかった。つまり、音を頼りに敵の位置を的確に察知し、そこにピンポイントで攻撃をしたということだ。

普通に考えて人間業ではない。

「声を出したらぁ!!　丸わかりだよぉ!!」

別の方向からした声に向かって、レイアがさっきのレーザーを発射する。

「うぐっ！」

こちらも的確に攻撃が当たったようで、苦しそうな声が聞こえた。レイアが攻撃した方に向けてクロは移動すると、敵の姿がようやく見えてくる。

人型に近いモンスター達だったが、背中に翼を生やしていた。真っ黒な翼はトゲトゲしく、これぞ悪魔の翼という感じだ。

『サターン・リトル』　Ｌｖ６５

先ほどよりもレベルの高いモンスター達だ。レイアのレーザーを喰らった奴らも、ダメージこそ与えられているものの決定的なダメージには至っていない。

「我らが主にこのことを伝えねばっ！　退散するぞっ‼」

「させないよぉ‼」

声がしたうち二匹をレイアが追撃してＨＰを０にする。残り一匹は俺とクロの攻撃によって倒すことが出来た。

「やばい。一匹に逃げられたぞ」

声がしたのは三匹だったが、俺の索敵スキルに感知していたのは四匹だった。近辺にいないのか、すでに敵性反応はない。おそらく俺達のことを奴らの主に伝えにいったんだろう。

全て仕留めることが出来ていればボスに不意打ちを狙えたかもしれないが、残念ながら真正面から戦わないといけない。

「良いじゃん。戦いは真正面から叩き潰してこそでしょ」

「どんだけ馬鹿正直なんだ……」

「僕はレイア姉さんのスタイルで良いと思います！」

「ぐるぁぁ！」

この場では残念ながら俺は少数派らしい。そういえば俺以外の三人は全員戦闘厨だってことを忘れてた。そのせいで自分の召喚獣にも、自分の意見を反対される有様だ。

クロとガッツは俺の召喚獣ってこと忘れてないだろうか……。


逃げていったモンスターを追いかけて、俺達も急いで深く潜る。かなり出遅れていたせいで追いつくことは出来ないが、そこからモンスターに襲われることもなかった。

『人間が深淵に何のようだ』

しばらくすると底から響く声が聞こえる。声に重々しい雰囲気を感じるし、話しかけてきているのが普通のモンスターじゃないのはすぐに判断がついた。

「お前の力の源である悪魔結晶を奪いに来たんだよ。よこしてくれよ」

『ほぉ……。この結晶のことを知っている人間がいるとは思わなかったぞ。この結晶について知っているのなら、私が簡単にこの結晶を渡してくれると思うか？』

「思わないね。少なくとも俺がお前の立場だったら渡さない」

『ならそういうことだ。もし結晶が欲しいなら私から奪っていくんだな』

話している間に姿を見つけられるかと思ったが、声の主は思っていたよりも俺達とは遠い位置にいるらしい。索敵スキルを発動させても全く反応がなかった。

「一気に突っ切らない？　何かあったら私がなんとかするよ」

「近くに飛んできたモンスターだったら僕も対処します！」

「分かった。かなり危険だが、突っ切るぞ」

どんなモンスターなのか、どんな攻撃をしてくるのか分からない状態で飛び込むのは危険だが、ここで様子を窺っているのも危険だ。クロはさっきと同じように、大穴全体を使いながら下へと進んでいく。

『姑息な手は使わんよ。人間なんぞ真正面から叩き潰してくれるわ』

俺達が警戒しながら下に降りていたのが分かったらしい。男は鼻で笑うかのようだった。罠を仕掛けてくる雰囲気も一切ないので、下まで最高速で降りる。

すると、ついに索敵スキルにモンスターの反応が引っかかった。

ただ、反応は一匹だ。さっき逃げた奴がいたはずだが、何処かに隠れてるのか？

『人間から逃げて帰ってくるような奴は俺の部下にはいらん。おかげで一人になってしまったがな』

「味方を殺すモンスターなんて聞いたことねぇ。随分イカれた野郎じゃねーか」

『お前達は周りが見えていないようだな。この瘴気も消してやろう。人間を相手に私が小細工する必要はない』

男が言うと、辺りの瘴気が一瞬でなくなる。地面が見えるようになったのでそのまま着陸する。大穴の最奥は、ただの平地だった。俺達は中央付近に降りたが、隅の方には一人の悪魔が椅子に座っている。黒い大きな翼を二対持つ人型の悪魔だ。遠目に見ても分かるぐらい筋肉が発達していた。

そして、その隣の金の台座に置かれているのは紛れもなく悪魔結晶だ。

「ナオがさっきから言ってたのはあれか？　あれを取るとボスが弱くなるんだよな」

「その通りだ。ただ、レイアの楽しみを潰したくないし回収は倒した後で良いよ」

「その言葉を聞けて安心した」

『私を相手にその人数で真正面からぶつかってくる気か？　舐められたものだな』

悪魔は不機嫌そうに顔を歪めたあと、ゆっくりと立ち上がる。その手には武器などは持っていないのでこいつは見た目通り物理攻撃を得意とするモンスターと見て良いだろう。

「決闘って感じで良いですね！」

遮蔽物は一切なく、単純に強い方が勝つフィールドだ。

『勝負が決まっている虐殺だがな。正面から挑む心意気に免じて、苦しまないようすぐに終わらせてやろう』

悪魔がゆっくりとこちらに歩いてくる。

すると、情報が表示された。

『カリヴ』ＢＯＳＳ　Ｌｖ８０
思っていた以上の強さだ。

前戦ったルシルは本体のレベルが１５だったから倒せたが、今回に関しては本当に苦戦を強いられそうだ。

「レイア、最初から全開で行くぞ。手を抜いてたら瞬殺される」

「様子を見ながらやりたかったんだけどなぁ。仕方ない」

このレベル差を見ても、様子を見つつ力を入れていくつもりだったようだ。言って正解だった。

「全員固まらず、動き続けろよ!!」

「了解です！」

「ぐるぁ！」

「正面は私がやる。みんなは周りに展開しなぁ!!」

この戦いは、俺達格下が格上を倒すという心持ちで戦いに臨んだ方が良いだろう。

全員にバフをかけた後、まとめてやられないように散開する。俺達の方に向かってくるカリヴに対して四方から囲むような展開をしたが、当然ながらカリヴの正面をとったのはレイアだ。

このメンバーの中どころかゲーム内でもトップクラスの耐久力があるレイアが壁を張ってくれるならこんなに心強いことはない。

『私の正面に立つとは、娘なのに良い度胸だ』

「本当は一人であんたをぶっ倒したいところなんだけどねぇ……。さすがにそういうわけにもいかないからせめてもの立ち回りだよ」

レイアは大剣二つを構える。

「本当はこっちの技は人に見せたくないんだけど、ナオが全力で行けっていうからね」

いつものように炎を身に纏うのかと思ったが、今回は今までと違う。

炎は炎でも、蒼炎《そうえん》だ。

纏っている装備も変わり、赤かった鎧はいつの間にか青に変わっている。

「これが今の私の本気。どう、結構強そうでしょ？」

『蒼炎……。珍妙な技を使う人間だ。少しは楽しめそうじゃないか』

今までは淡々としゃべっていたガリヴも少しテンションを上げたらしい。表情を変え、ニヤリと口角を上げた。

「蒼炎ノ舞―獄炎」

『私の肉体を燃やし切ることなど出来ぬ!!』

レイアのスキルによって地は見えなくなり、蒼炎が辺りを支配する。加えて、レイアの大剣もさっきよりも蒼炎の力を増していた。

大きさは三メートル近くあるだろうか。とてもじゃないがか細い少女が使えるようなものには見えない。それを二本使い、ガリヴに攻撃を仕掛ける。

対するガリヴは、身体に漆黒の瘴気を身に纏わせていた。前ルシルがやっていたものとは密度が違う。力を集約させているのがすぐに分かる。

「クロ、ガッツ！　レイア一人に良いところ持っていかれるなよ!!」

「はい!!」

「ぐるぁ！」

レイアとガリヴがぶつかりあうギリギリのタイミングで、俺達も三方向から攻撃をしかける。全員フルバフ状態だ。

俺に関しては、クロの疾風迅雷もガッツの乖離二式も発動させている。これ以上ないほどの速度になっている。レイアの攻撃を受けている間に俺の攻撃をさばききる余裕はあるかなぁ!!

『その速さっ!?』

レイアから一瞬でも目を離せば、高速で動き回る俺達の攻撃にやられ、俺達に注力すればレイアから強烈な一撃をお見舞いされる。

「くらいなぁっ!!」

『くっ!!』

結局、ガリヴはレイアの攻撃を受け止めることを選んだ。その結果、三方向から俺達の集中砲火を浴びることになった。俺達三人からの攻撃を浴びたことで、HPが削れていく。さすがに格上のモンスターとはいえ、俺達の全力の攻撃を受けて軽いダメージで済まされるわけもない。

三人からの攻撃を受けて隙だらけになったせいで、結局レイアからも攻撃をぶち込まれていた。単純に、四方向からのリンチだ。

『舐めるなっ!! この程度の攻めで私のことを押し切れると思ったか!!』

「うわっ!! な、何ですかこれ!」

ガリヴが構えをとると、俺達全員が謎の突風によって吹き飛ばされた。せっかく良い感じで戦いを展開出来ていたのに、これでは台無しだ。

「さすがに簡単に倒させてくれるほど甘くないか」

「いいねぇ。やっぱりボス戦はこうじゃなきゃ燃えてこない」

『人間だからといって甘く見る必要はないようだな。全力で相手してやろう』

ガリヴが目を瞑ると、纏っていたオーラの色が変わっていく。真っ黒だったオーラはだんだんと赤みを帯び、赤黒い炎のようなオーラになった。ガリヴの見た目にも変化がおき、今までよりも体格が良くなっている。

『悪魔力全開放。これが私の真の姿だ』

巨大化はフラグだぞ……。と言いたいところだが、ガリヴの場合は単純にスペックが上がったようにしか思えない。もう少しＨＰが減ってから全力を出し始めてほしいものだ。

第二形態に入るまでにわずか三〇秒という慎重っぷりだ。なら最初から第二形態の状態で構えとけと言いたくなる。

『悪神の滅腕』

ガリヴの腕がさらに肥大化すると、回転するように腕を振った。

「それ、飛ばせるのかよっ！」

ガリヴが身に纏っていたオーラを俺達に向けて飛ばしてきたのだ。なんとかガードは出来たが、それでもＨＰをがっつり削られる。

全員大ダメージを受けている、と思ったが俺達の中にガリヴの攻撃を物ともしない奴が存在した。

「ガッツ！　すごいじゃないか！」

「ありがとうございます！」

全員が攻撃をくらい、吹っ飛ばされている中ガッツだけは平然としていた。さっき放った攻撃は魔法攻撃だったようだ。

『バカなっ！　あの攻撃を受けて平然としているなど……』

ガリヴもガッツが平然としていることに驚愕しているようだ。全力を開放した一発目の攻撃を何事もなかったようにされていたらさぞかしショックだろう。

「僕にはそのオーラに頼った攻撃は効きませんよ!!」

ガッツはガリヴのもとに飛び込み、肉弾戦を仕掛ける。ただ、ガリヴは元々肉体を使っての戦闘に長けたタイプだ。ガッツの戦闘センスをもってしても、大したダメージを与えることは出来ない。それどころか、ガッツにダメージが蓄積されていく。

『攻撃を受け止めた時は驚いたが、それだけではないか！　直接叩けば何も出来ないではないか！』

「ぐぅぅ！」

ガッツは前のダンジョンからかなり戦い方も変えて成長しているが、それでもガリヴの方が一枚も二枚も上手だ。ただ、それでもガッツが相手なので簡単に押し切ることは出来ない。

「ガッツ、あんたの全力を開放しな！」

「はい！」

珍しく、レイアが参戦せずにガッツに声援を送った。武器こそ構えているが、今のガッツに加勢するつもりはないらしい。

『この小僧に私を一人で止められるわけがないだろうがッ！　舐めているのか！』

レイアの言動によって、ガリヴには明らかにフラストレーションが溜まっていた。さっきよりも攻撃は早く、そして威力も増している。

「ガッツの力はこんなものじゃないのは私が知ってる。この間やっただろ！」

「はい！」

まるでスパルタ師匠とその弟子だ。どうしてか、この場だけ昭和の空気が流れている。夕日と砂浜が似合うような状況だ。

ここで、ガッツが動く。今までガッツはガリヴの攻撃をガードしていたが、急に攻撃をかわすようになった。大きな動きでかわしていたのは徐々に洗練され、無駄な動きなしで攻撃をかわし、的確に一撃を入れる。

『この小僧が！　調子に乗るなよ!!』

攻撃が当たらなくなったガリヴがイラつきを露わにし、大きく振りかぶった一撃をガッツに放つ。

しかし、ただでさえ攻撃が当たらなくなっているのに、そんな大振りな攻撃が当たるはずもない。

ガッツは最低限のムーブで攻撃をかわした。

「今です!!」

そして、カルテー装備にて入手したスキル、タイムレスシンボルを発動させる。自分の発動したいスキルを複数同時に発動させるスキルだ。ガッツの攻撃は全て殴ることでダメージを与えるスキル。つまり、見た目こそ派手ではないもののガッツの殴りには全てのスキルが詰まっている。そんなことは知らないガリヴはガッツの攻撃を真正面から受け止めにいくが、当然守れるわけがない。

ガッツはガリヴにアッパーを打ち込んだことによって、ガリヴは上空に打ち上げられた。

「よくやった！　それでこそ私の弟子だ！　あとは私達に任せろ！」

「クロ、最強の一撃をお見舞いしてやれ！」

「ぐるぁ！」

『くそっ！　この私がこんな小僧に！』

空に打ち上げられたが、ガリヴには翼がある。すぐに体勢を立て直そうとしていた。しかし、こんな無防備なチャンスは次いつ訪れるか分からない。俺もクロも、レイアも考えは同じだったらしく、全員が体勢を立て直そうとしているガリヴに大技をぶち込む。

「蒼炎の舞──冷炎」

「烈火《フレア》・槍月《ロンギヌス》」

「ぐるぁぁぁぁ!!」

全員が全力の一撃を放つ。クロが発動させたのは一日に一度しか使えないスキル、メガフレアだ。

『くそがぁぁぁぁ！　私が、人間ごときに！！！』

全員の攻撃をろくにガードも出来ずに直撃したガリヴは、木っ端みじんに消し飛んだ。

あの様子だと復活するようなこともないだろう。俺達の完全勝利だ。

「楽しかったぁぁぁ！！！」

「やった、やりました!!」

全員が喜びを分かち合う。今までにはないほど熱い戦いだった。

「そういや、ドロップ品落ちてるな」

ガリヴを倒したことで何か石のようなものが落ちている。悪魔結晶は俺達が貰うということで話をつけてあったが、ガリヴからのドロップ品については決めていなかった。

奴からはいくつかドロップ品があるが、どういう振り分けにしようか。

「まずは中身を見よう。どんなものか分からないと話も進まないでしょ」

レイアがガリヴが落としたアイテムを拾い上げる。

奴が落としたアイテムは二つだ。一つは鉱石、もう一つは炎だ。

「鉱石はいらないし、私としてはこっちの炎だけ貰えればいいよ」

「良いのか？　俺達は悪魔結晶を貰うんだし、ドロップ品はレイアが貰っても問題ないんだぞ」

前回もそうだったが、レアリティだけ考えれば悪魔結晶の方が圧倒的に上だろう。

大量に落ちていたならまだしも、二つなら不平等に感じた。

「中身見たけど今の私に必要なさそうだし良いかな。ナオがうまく使ってよ」

「そういうことならありがたく使わせてもらうよ」

高レベルの悪魔が落としたアイテムを貰えるなんてありがたい。俺はレイアからドロップ品の鉱石を受け取る。

『グラビティストーン』☆5

重さがコロコロ変わる石。加工することが出来れば、武器の重さすら自由に変えることが出来る。

使い手を選ぶが、使い手によっては真価を発揮する。

これは、やりようによってはかなり強そうだ。

「ぐるぁ！」

受け取った石を見てクロが声をあげた。

「前にドワーフのところで入手した石と合わせたら良いんじゃないかって言ってます」

そういや、入手当時夕にこのアイテムはまだ加工出来ないって言われて諦めていたが、そろそろ加工出来るようになっているかもしれない。

今回入手したアイテムと掛け合わせることが出来れば、それなりの効果を発揮するようになるだろう。

「それじゃ、最後にあの台座に乗ってる悪魔結晶を回収して終わりかな」

悪魔結晶が置かれているのは相変わらず豪華な金色の台座だ。前回のでこの台座を引き抜くことが出来ないのは分かっているので手を出さないが、実にもったいない。

盗み出したい気持ちを抑えながら、台座に乗っている悪魔結晶を自分の手に収める。

「これで召喚獣入手に一歩近づいた」

「それで強い召喚獣が呼び出せるんだっけ？　強い召喚獣ばっかり集めて油断はしないようにね？」

「もちろんだよ。どれだけ召喚獣が強くても俺がやられたら終わりだからな」

「うん。それが自覚出来てるなら大丈夫そうだね」

らしくもない忠告をレイアに受けたが、これは肝に銘じておこう。あくまで召喚獣は俺が生きてこそ役割を果たしてくれる。俺が油断してやられたらそれで終わりだ。

「それじゃ、やれることも終わっただろうし戻ろうか」

「了解。付き合ってくれてありがとね」

ボスも倒し、悪魔結晶を入手した俺達は島を後にすることにした。意外と時間も経っていたようで、クロに乗って山の大穴を抜け出すと、外には朝日が昇っていた。

同時に島が光に包まれて消えていく。完全に忘れていたが、この島は夜の間しか姿を現さないいんだったな。時間的には結構ギリギリだったようだ。

「それじゃ、目的もばっちり達成したことだし帰ろう！」

ボスもきっちり倒し、アイテムも入手出来た。悪魔結晶は残り一つ集めれば召喚獣を呼び出せるようだし、冒険の結果は大満足だ。

「そうだな。良い冒険だったよ」

「また何か面白いものを見つけたら誘うね。ガッツの成長を見るのもかなり楽しかったよ」

「ありがとうございます！　もっとレイア姉さんに近づけるように頑張ります！」

「楽しみにしてるよ。もっと強くなったら相手してあげるからね」

レイアのおかげでガッツも一皮むけたようだし、これ以上にない収穫もあった。

今までで一番良い冒険だったと言っても過言ではない。

俺達は大満足な結果を得て、始まりの街へと戻るのだった。

第3章
不正プレイヤー

後日、夕に連絡を取り、俺は今回の冒険で入手したグラビティストーンと紅彩石を合成して新たな武器を作ってもらった。出来た武器は『重紅剣』。レアリティ7の貴重な装備だ。

『重紅剣』☆7
重力と炎を操る業物。使用者の攻撃力に応じたスキル効果が発揮される。
筋力＋55
知性＋10
ボーナススキル：超重烈火《グラビトンフレイム》

単純なスペックも高く、スキルもついている完璧な装備だ。装備品も強化してもらったし、この武器なら難易度の高いダンジョンにも通用するだろう。

こうして新たな装備を入手出来たが、俺は今の市場がどうなっているのか興味がわいた。

このところ市場調査を全くしていなかったので、今俺達の装備しているものや、入手したものがどれだけの価値になるのか全く分からない。夕に装備を作ってもらってるからなんとかなっているものの、このまま市場を全く理解していない状態でゲームを進めていくのはよろしくないだろう。そんな考えに至ったので、俺はガッツを連れて始まりの街でもっとも露店が密集している通りにやってきた。

この通りは通称《絶対市場》と言われ、ここで手に入らないものはないと言われるほどありとあらゆるものが揃えられている。通りの場所ごとにある程度食材、冒険消耗品、装備品などに分かれている。

消耗品の類を俺が見ても参考になる部分が少なすぎるので、装備に加工出来る素材や、装備品そのものを販売している露店が密集している通りを見物することにした。この辺りにいるのは、自分の装備を作りたい冒険者や、転売などをもくろむ商人、装備品を作る鍛冶師などが多いようだ。

「しょぼい強化アイテムでも意外と値が張るんだなぁ」

俺には王に教えてもらった強化師がいるから使うことはないが、装備品を強化するためのアイテムがやたらと高値で取引されていた。一つ数百万もする価格で取引されているので。普通のプレイヤーは手を出せないだろう。ガッツが少し前に装備していた紅装備なんかは一つ十万程度で取引されていたので、強化アイテムの価格だけがやたらと高騰しているのはすぐに分かった。

「おい！　お前達いい加減にしないかっ!!」

だらだらと露店を眺めていると、聞き覚えのある声が聞こえてきた。みんな大好きコリチくんだ。相変わらず熱さを感じる話し方だが、誰かともめているらしい。周りのプレイヤー達も様子が気になるのか、チラチラと声がする方を見ている。

知り合いが揉めているのを放置しているのもなんだか嫌な気分なので、少し様子を見に行くとしよう。

プレイヤーの波をするりと抜け、俺とガッツはコリチの声がしているところに到着した。

「狩場は早い者勝ちだろう？　お前はどうして私に文句を言う権利があると言うのだ？」

「お前達は狩場を独占したうえに近くにプレイヤーがいれば殺し、あまつさえＲＭＴ《リアルマネートレード》をしているじゃないか」

「ふふっ。そんな証拠、ないだろう？　私達はただ多くのメンバーを投じて狩場をキープしているだけだ」

「コリチ、どうしたんだ？」

「あぁ、我恋敵《ライバル》のナオじゃないか。こいつら、不正をしているんだ」

「ふんっ。何を根拠に」

話がまとまらず、さらに大ごとになりそうだったのですぐに割って入った。

コリチから詳しく話を聞くと、コリチがもめている相手が狩場でやりたい放題しているうえに、ゲーム内の強化アイテムをリアルで取引している不正を行っているせいで、強化アイテムの市場価格が高騰しているらしいのだ。

「あぁ、なるほど。だから強化アイテムがやたらと高かったのか」

市場の価格は詳しく分からないが、やたらと値段が高かったのはこいつらが原因だったらしい。本来市場に出回るアイテムを独占し、それを裏ルートで現金販売するやり方のようだ。通常手に入れられるアイテムをリアルの金に換えるＲＭＴは不正行為として禁止されている。こいつらが本当にそれをやっているなら、悪質プレイヤーだ。通常ならアカウントを停止されてもおかしくない。

「それなら不正を運営に言えば解決だろ？　垢バンされないってことは不正してないんじゃないか？」

「いや、俺の仲間がその取引現場を実際に見たんだ。写真も撮ってあるが、取引をしているのは末端らしくて一向に解決しない。なんとか調査を続けて、ようやくこいつがその主犯格の一人だというところまで掴んだんだ」

なるほど、コリチは色々動いてこいつが犯人である証拠を掴んでいるようだ。それが本当なのだとしたら、こいつは糞プレイヤー以外の何物でもない。

「ちっ。最近やたらと嗅ぎまわっているプレイヤーがいるとは聞いていたが、お前のことだったか」

小さく、男が声を漏らした。どうやらコリチのことは話に聞いていたらしい。いや、自分で認めるようなことを口にするなよ……。とは思ったが、認めてくれるなら話は早い。

こいつらが狩場を独占しているせいで市場が崩壊させられているなら、その狩場独占を妨害すれば市場は守られるということだ。普通のプレイヤーには出来ないだろうが、俺なら多少の妨害にはなるはずだ。

「俺がお前達の狩場を破壊してやる。ゲームの治安を守る、なんてことは言わないが不正プレイヤーの好き勝手にはさせられないぜ」

「ナオ、ありがとう。俺も一緒にやらせてくれ」

「邪魔な奴らだ。本当に私の稼ぎ場を邪魔しに来てみろ。ただではすまないからな」

男はそれだけ言うと、逃げるようにその場から去っていった。コリチの声がでかくなったあたりから注目を浴びていたせいだ。これ以上人目につきたくなかったんだろう。

「あれ、ロキか？」

「ちっ……」

俺達を見る野次馬の中に、隠れるようにロキがいたのだ。

話しかけようとしたら、めんどくさそうな顔でその場を去っていってしまった。

「なんだあいつ……。まぁ、良いか」

「ナオ、これを見てくれれば分かる」

ロキがいなくなった後、コリチに一つの露店を見せられた。そこには大量の強化アイテムが数百万の値段で大量に陳列されている。そいつだけでなく、その近辺にある露店には大量の強化アイテムが陳列されていた。持っているプレイヤーと、持っていないプレイヤーの差があまりにもありすぎる。

市場が強引に捻じ曲げられているのが分かりやすく示されている。

「これが、ＲＭＴをしたプレイヤーの露店だ。一目瞭然だろ」

あまりにも露骨な売り方にドン引きしてしまうが、やり方は理解出来た。確かにこのやり方なら流行っているこのゲームでリアルマネーを荒稼ぎすることは出来るだろう。

「それにしても、何で強化アイテムがこんなに値上がりしてるんだ？　アイテムドロップなんて色んな所で出来るんじゃないのか」

「残念ながら、＋1～＋3の強化アイテムは入手出来るところがすごく少ないんだ。だから、狩場を独占されると価格が一気に上がる」

「運営その辺はなんとかしろよ……」

しかし、そんなことを言っても仕方ない。狩場をやりたい放題にされて市場を崩壊させられているのが現実だ。

「その狩場に連れて行ってもらえるか？　どうなっているのか実際に見たい」

「分かった。案内しよう」
実際どんな風になっているのか、コリチと一緒に確認することにした。ここで狩場を妨害なんてすれば、さっきのショーという男、あいつと全面戦争をすることになる。厄介な問題になりそうだが、運営はなかなか動いてくれそうにないし、小回りの利くプレイヤーが動くしかないだろう。
コリチに狩場まで案内してもらったが、始まりの街から近い場所にそれはあった。
辺りを木々に囲まれた広場になっている場所で、綺麗な色の岩石がいくつも並んでいる。そこにい
るプレイヤー達の名前は、日本語ではなく文字化けしている。どうやら、奴らは日本人プレイヤーで
はないようだ。
リーダーらしき男が統率しており、軍隊のような動きで現れてすぐのモンスターを退治している。
「最効率で倒してるって感じだな。ここ以外に強化アイテムが手に入れにくいなら、市場が荒らされ
るのも納得だよ」
「ないことはないんだがな。ここのドロップ品で市場の七割近くをしめているから、かなり厄介なこ
とになってるんだ」
「とりあえず、あいつらの狩りを邪魔しようか。このまま見てても何も話が進まないからな」
「そうだなっ！　ナオに来てもらえたのは本当に心強いよ。僕の仲間も強いが、さすがに君ほどでは
ないからね」
コリチは俺が立ち上がると、嬉しそうに俺の前に立った。そういえば、こいつの戦闘スタイルは盾

二本で戦う性格とは真逆の堅実なスタイルだったな。

「それじゃ、早速やろうじゃないかっ!!」

「クロ、ガッツ、頼むぞ」

「はい!」

「ぐるぁ!」

広場で狩りをしているのはおおよそ二〇人程度。倒しているモンスターは20レベル程度なので、このプレイヤー達もたいした強さは持っていないだろうがクロも呼び出し、万全の態勢で臨む。

俺達(コリチも含め)のレベルは40レベル後半なので、真正面からぶつかっても何も問題ないはずだ。

広場の周りの木から姿を現し、堂々とプレイヤー達に近づくとリーダーらしき男が俺達のことを睨みつけてきた。

「てめぇら、何者だ」

「俺達は不正プレイヤーから狩場を取り戻しに来たんだよ。お前みたいな奴らからな」

「ちっ。ショーが言ってたのはこいつらのことか。本当に来るとはな」

男は、狩りをしていたプレイヤー達を止め、俺達の方を見る。

「こいつらは俺達のことを邪魔するカスだが、いきなり飛び掛かるなよ」

「「******」」

何を言ってるのか分からないが、俺達に敵意を向けていることだけは分かる。武器を構え、俺達のことを取り囲むような陣形を取ってきた。

「おいおい、穏やかじゃないな」

「いきなり力で訴えてくるとは、下っ端にも教育が行き届いているようだな」

こいつらから金銭も貰っているのだろう。そりゃ、おちんぎん貰えるのを妨害してくる奴がいたら攻撃してくるわな。

「そっちがその気ならやってやるぞ。全滅させてやる」

「「******!!」」

よく分からないが、向こうもやる気のようだし叩き潰してやろう。

数人が俺達の方に突っ込んできたので、四人で対応する。

「クロ、相手してやれ」

「ぐるぁぁ！」

クロは飛び込んできたプレイヤーの攻撃を受け止めた後に黒球爆炎を発動させ、辺りを全て破壊した。攻撃に巻き込まれたプレイヤーは当然ながらHPを全てロストして消滅していく。弱いプレイヤーなら当たり前ではあるが、クロの攻撃を受け切ることなんて出来るわけがない。

「なかなかやるじゃないか。こいつらをやったっていうことは俺達と全面戦争ということだ。覚悟は出来てるな」

自分の仲間が倒されているのに、どこか嬉しそうだ。金を稼ぐことはもちろんだが、それ以外にもこの男は色々とねじ曲がっていそうだ。

「当たり前だろ。お前らを潰して健全な世界に戻すんだよ。そもそもいきなり攻撃してくるんじゃねぇ」

「お前達のような不正プレイヤーがいる場所はこのゲームにはないっ！　さっさと不正行為を止めるんだな!!」

「お前達の意見はよく分かった。俺達の方でしっかり話し合って、結果を伝えにこようじゃないか」

「どういうつもりだっ!!」

「俺の名前はハデス。また会おう」

あんなに調子に乗った言動をしていたし、今からバチバチにやり合うのかと思っていたが、ハデスも、それに従うメンバー達も全員ログアウトしてしまった。結構気合入れてきたのに、拍子抜けの結果だ。

「これ、この場としては一応解決なんだよな……」

「そうだね。おそらくこの後何か仕掛けてくるだろう。お互い、用心しないとな」

あれだけ強気な発言をしたのだったら、何もなく終わることはないだろう。ショーもそれらしいことを言ってたし、ほっといても俺達に向けたアクションがあるはずだ。

もぬけの殻になってしまったので、俺達はその場を後にするしかない。コリチとはおそらく、これから先共闘する機会もあるだろうし、こまめに連絡を取り合うことにした。あっさりとその場は解決してしまったので、ひとまず俺達は解散した。

後日、俺達がいつも通り狩りに出ようとした時のことだった。

「兄ちゃん。ちょっと話があるんだけど良いか？」

話しかけてきたのはガラの悪そうなヤンキー集団だ。どこかで見たことのある顔のお兄さんだったが、はたしてこいつは何処であったのか……。いまいち思い出せないが、気にする必要もないだろう。

「別に良いけど、俺に何の用なんだ？」

「分かるだろ？　この間邪魔をしてくれたお礼をしようって言うんじゃないか」

この間邪魔をしたといえば、ハデスの一件以外はない。しかし、その場にこいつらなんていただろうか。リーダーらしき男は日本語名だったが、他のメンツは文字化けしているプレイヤーしかいなかったはずだ。

この兄さんの名前はアクセル、なんていう中学生がつけそうな普通の名前なので奴らの一味とは思えなかった。もしかしたら、見当違いのことで絡まれているかもしれない。

「知らないな。俺はあんた達のことなんて一度も見た記憶はない」

「い、一度も……ってことはねぇだろ!!　俺はお前らが俺達の狩場を荒らしたお礼をしにきたんだよ」

こいつらはあの狩場にいなかっただろうし、もしかして大量にいる他のメンバーか？

何故かこいつは俺のことを知っているみたいだが、残念ながら俺にはこいつと絡んだ記憶がない。

俺が首をかしげると、兄さんは機嫌を悪くして俺の腕を強引に引っ張る。ステータスが大して高くないせいか、簡単に振りほどくことは出来そうだ。しかし、ここで振りほどいて逃げても同じことの繰り返しになるだけだろう。コリチに連絡を入れつつ、俺は強引に連れ去ろうとしてくる兄さんについていくことにした。

「ガッツ、クロ、一度消えろ」

「はいっ」

「ぐるぁ」

ガッツとクロをその場から立ち去らせる。

「随分素直じゃねぇか。余計なことしなければこんなことにならなかったのによ」

「余計なことなんて何もしてない。狩場を邪魔した云々が問題視されるなら、不正プレイヤーのRMTの方を問題にすべきだろ」

「あぁ!? ごちゃごちゃうるせぇよ。減らず口叩くんじゃねぇ」

少し反論すると、兄さんはまた機嫌を損ねてしまった。話しかけてきたのはそっちなのにすぐに不貞腐れるとはキッズな兄さんだ。

仕方なしにそのまま腕を引かれていると、人気のない場所に誘導される。

そこには、兄さんに近いようなヤンキー集団が俺のことを待ち構えていた。

「お前、二度とハデスさんの邪魔するなよ。それを約束してもらおうと思ってな」

胸倉をつかまれ、キス出来る位置まで顔を近づけられた。いやん。

「お断りだよ。あいつがやってることを理解してからそれを言うんだな」

俺は胸倉を掴んでいる手を弾き、提案を吐き捨てる。

「良い度胸だ。ここで潰してやるよぉ!!」

「てめぇが召喚士ってことは分かってんだ。一人でこの人数を相手に出来ると思ってんのか?」

こいつ、本当に阿呆だ。ここに連れてこられるまでに、俺が何もせずにただついてきたとでも思ってるのか。俺は、連れてこられた時にガッツとクロの召喚を解除していない。普通に召喚しても対処出来るだろうが、念には念を入れてある。そして、空から俺達の様子を見ているクロに、指示を出してこいつらを全滅させようとした時だった。

「おいおいおい。何をしてるんだァい」

囲まれている俺達のもとに、一人のプレイヤーが現れた。小太りな騎士プレイヤー、正義《まさよし》だ。イベントの時は最後俺達の壁となって大役を務めてくれた。ロキとかいう不健康そうなプレイヤーとセットの印象があったが、一人でこんなところに何の用だろうか。

「ま……なんだよ。おめぇ」

「そ、そうだ。俺達はお前みてぇなデブの相手してる暇はねぇんだよ」

どこかおっかなびっくりした様子で、兄さん達は正義にも啖呵を切る。俺の時よりあきらかに威勢が貧弱になっている気がする。

「僕ぅの支配するこの街で、そんな物騒な真似は許さないよぉ! 君達、悪者だね?」

セリフだけ聞けば、街を守る騎士のようなセリフだが、どうしてか話し方がねっとりしてるせいで気味の悪いストーカーにつけられていた気分にしかならなかった。

「正義気取りかよ! 俺達の邪魔は絶対にさせねぇ!」

「そんな奴に守る価値なんてあると思うなよ！」

俺は、ヒロインポジなのか？

急に始まった少女漫画のようなシチュエーションに、苦笑を禁じ得ないが笑っている場面ではないだろう。

正義は盾と剣を構え、今にも戦い始めそうだ。正直、クロとガッツを呼べば楽に倒せるのかもしれないが、正義は守りに来てくれてるんだしメンツを守っておこう。

クロとガッツをここに招集するのはやめて、俺は正義と二人で兄さん達を倒すことにした。

「僕ぅはこの街のヒーローだからねェ。別に感謝しなくてもいいよォ。当然のことさ」

「はいはい。さっさと倒すぞ」

壁は正義がなんとかしてくれるだろう。俺は後ろから攻撃をぶち込むだけだ。

「「死ねぇぇ!!」」

「させん!!　アークディフェンス」

俺を大人数でやろうとしてきた兄さん達に正義がスキルを発動させる。金色の巨大な盾が目の前に出現したのだ。兄さん達が放った魔法は、正義の黄金の盾に触れると消滅する。

「俺も負けてられねぇな。超重烈火《グラビトンフレイム》」

正義に武器で殴りかかっていたプレイヤーに、新たに獲得したスキルを発動させる。

これは、どでかい炎の塊を上空から高速でぶつけるスキルだ。正義も巻き込んで大爆発を引き超こすことになるが、あいつならなんとかなるだろう。

「てめぇ！　助けられた恩ってのを感じねぇのか！」

「俺から見ても最低だなぁ、お前！」

俺を拉致った兄さんからもバッシング受ける有様だが、実際問題正義の耐久力なら何の問題もない。

「この程度の攻撃、余裕で耐えられるだろ？」

「もちろんさぁ！　さぁ、これで終わりだねェ!!」

正義がにちゃりと、嫌な笑みを浮かべる。

盾を上に掲げ、炎に対する防御態勢をとった。

俺の放った炎が盾にぶつかり、辺り一面が焼け焦げる。

俺のことを襲った兄さん達は全員消え去り、この場には俺と正義だけが残った。

「助けられて良かったよォ。僕は、これで退散するけどこれから先気をつけるんだよォ。誰が見てるか、分からないからねェ。あと、困ったらこれで僕を呼ぶんだよ？」

正義は俺と強引にフレンド登録を済ませ、街に戻りながら片手をヒラヒラとさせる。重いせいでドシドシと足音が聞こえてるし、身体は揺れて美しさはないしで台無しだったが、まるでイケメン騎士のような雰囲気で帰っていった。

「マスター。本当にあいつら攻撃してきましたね。これからどうするんですか？」

「このまま下手につけられても面倒だしな、大元を叩き潰さないと駄目だろうな」

ここまで直接攻撃してくるようなら、コリチが揉めていた奴に直接落とし前をつけさせないと駄目だろう。コリチに連絡を取り、ハデスがアクションを起こしたことを伝えるとすぐにメッセージが飛んできた。

メッセージ：コリチ

大丈夫なのか!?　やはり、すぐに動くしかないようだな。奴らの行動はうちのメンバーが監視している。そろそろでかい取引があるらしいし、それを妨害してやろうじゃないか。

メッセージ：ナオ

そこまで情報が入ってるのはありがたいな。そこを完璧に押さえたら運営も動いてくれるだろう。奴らの計画を俺達でおじゃんにしてやろうぜ。

コリチからはその後、計画に対する情報を貰った。

一週間後にある業者と取引があるらしい。すでに運営には通報しているし、その場を押さえて録音したデータを生中継で送る算段も整えているようだ。運営サイドからも、確認が取れ次第動くような話は貰っているようなので、現場を押さえてしまえば話は終わりだ。

一週間後なので準備はそこまで出来ないが、俺達も戦力をそろえていかなければいけない。

こういった類の戦いに誘いやすいのはレイアだが、あくまで相手から言質を取るのが主な目的のため、全てを破壊しそうレイアはあまりよろしい人選とは言えない。やはり、夕が一番の適任だな。実力もある上に、適切な動きが出来るはずだ。この問題に巻き込むのは申し訳ないが、少し手伝ってもらおう。

「一週間後の全面戦争に備えるぞ。今回のことがあってあいつらもすぐに俺達のことは襲ってこないだろうしな」

「はい！　あんな悪い奴ら絶対に倒してやります！」

「ぐるぁ！」

コリチと当日の作戦について打ち合わせなければいけないだろう。メッセージで貰った情報だけでは色々足りてないし、今回の件に関してはかなり練り上げなければ失敗する可能性もある。

俺は夕に今回の件について協力してもらうことをお願いした後、コリチと話し合いの場を決定させた。

「下準備としてはこれでオッケーかな。今日はストレス発散に狩りに行こう！」

「はい！　いっぱい暴れましょう！」

「ぐるぁ！」

コリチ達の都合もあるので、打ち合わせは三日後に行われることになった。それまでは特にやれることもないので、俺達はいつも通り狩りに励むのだった。

◆

「お邪魔します」

「よく来てくれたな。ようこそ俺達のギルドへ」

「随分とカッコいい感じのアジトに仕上げてるんだな」

三日後、俺は夕を連れてコリチの率いるギルドＩＫＲに訪れていた。なかにはコリチのギルドのメンバーが俺達のことを待っていた。

「まずは奴らの取引について話さなければいけないな」

俺達がギルドに用意されていた椅子に座ると、コリチは話を始める。いつものおちゃらけた雰囲気はなく、真剣そのものだ。

「どうやら奴ら、ＰＫ《プレイヤーキル》ギルドに目をつけられているみたいなんだ。普段は強化アイテムを無償で流すのを条件にして見逃してもらっているらしい」

「その受け渡しが今度あるってことか？」

ＰＫギルドとは、プレイヤーを攻撃する悪質プレイヤーが多数所属するギルドのことだ。

「いや、ちょっと違う。普段は強化アイテムの大半はＰＫの上層部に流れるため、下層の連中はその恩恵を受けられていない。今回は下層の連中が裏取引をしようとしていてな」

上層部も絡むような取引現場を抑えられるのがベストだったが、さすがにそこまでの情報は手に入れられなかったようだ。

「今回はその下層の連中との取引現場を押さえるってことね。たしかに下層とはいえ、ＰＫギルドに所属しているならＲＭＴプレイヤーとの繋がりはありそう」

「マイハニーの言う通りだ。ＰＫギルドの下層の奴らは自分達のバックを使ってＲＭＴギルドから強化アイテムを安く仕入れようとしている。ここを押さえることが出来ればＰＫギルドにも大きなダメージを与えられるはずだ」

よくまぁ、そんな裏の情報を持ってきたもんだ。ただ、ＰＫギルドの下層の連中がそんな大規模な取引まで持ち掛けられるんだろうか。普通は無理な気がするが。

「あぁ、下層連中の中に一人厄介な奴がいてな。そいつが普段プレイヤーから奪った金をＰＫギルドの幹部に渡す役割をしてるんだが、今回の取引もそいつが持ち掛けてるんだよ」

「確かに、お金の管理をしてるなら大規模な裏取引を持ち掛けることも出来そうね」

今回のＰＫギルドとの取引は、半ば強制的にやらされてるってことか。コリチがどこから情報を得たのか分からないが、この感じだと調子に乗ったＰＫギルドの連中が情報を漏らしていそうだな。

「事情は分かった。あとはどういう動きにするか、だな」

相手は不正集団と悪質プレイヤーの団体だ。ただ口で言って素直に対応してくれるとは思えない。間違いなく戦闘になるだろう。その中で、うまく奴らの口を割らせないといけない。

「ＰＫギルドのリーダーは誰か分からないのか？」

「すまん、そっちに関しては本当に分からないんだ。下っ端から得た情報では、大人数の前に出るときは名前を隠すスキルか、アイテムを使ってるらしい」

随分と質《たち》の悪いスキルがあったもんだ……。しかし、それなら下っ端がリーダーの名前をしっかり理解していないのも理解出来る。そこまで周到な奴なら、そいつの側近が相当な間抜けでない限りしっぽを掴むのは難しいだろう。

「経緯とかは全部分かったけど、当日どうするの？」

「場所はこの街から少し離れた湖のほとりでやるみたいなんだ。近くには大きめの木々が生えているし、そこから奴らの話を盗聴、その後に殴り込みをかけようと思っている」

こいつ、イベントの時はあんなにアンポンタンだったのに随分の考えて動くタイプだったんだな……。真正面から突っ込んで！　僕達の勝ちだぁ!!　とか言い出しそうなイメージだったのに、今日の話でかなり印象が変わった。

「当日、私達は取引してるところに奇襲をかけるだけで良い？　正直、細々したのはお任せしたい」

「もちろんさ！　力を貸して貰えるだけで十分だよ。二人の力があるだけでとても心強いからね！」

「つまり、俺達二人＋コリチのギルドvsＰＫギルド＆ＲＭＴギルドっていう構図になるわけか。人数的には負けてるけど大丈夫か？」

コリチのギルドの人数はお世辞にも多いとは言えない。有名ギルドとして名前が広がっていたぐらいだし、一人一人のレベルは高いんだろうが、数で押し切られた時に対応出来るのかは不明だ。

「それは、やるしかないさっ！　気合と根性で切り抜ける！」

「そこまで考えて最後は根性論かよ……。まぁ、嫌いじゃないけど」

結局、戦いでぶつかるときは最終的にやりきる気持ちが強い方が勝つもんだ。コリチの気持ちがあれば、不思議と勝てる気がしてくる。

「そういや、前に俺が襲われた時に正義が助けてくれたんだよ。あいつも呼ぶか？」

ねっとりしている感じであまり絡みたくはないが、あいつもかなりの実力者なのは間違いない。あまり良い噂は聞かないが、前に俺のことを助けてくれたんだし敵ということはないだろう。

「やめよ。あいつの近くにいるロキから嫌な雰囲気がする」

そういえば、すぐにいなくなってしまったが、俺とコリチが揉めている時に近くで見ていたな。確かに、舌打ちしてすぐに何処かに行ってしまったし嫌な雰囲気だった。正義に加勢を頼むということは少なくともあいつの耳にも入るだろうし、下手に借りを作りたくはないな。

「分かった。正義には連絡せずに俺達だけでなんとかしよう」

大型戦力を呼べないのは戦力減としては痛いが、正義の役割はコリチと被っている。戦いが始まったらコリチが壁役になってくれるだろうし、無理に誘う必要もないだろう。

他にも戦力になってくれそうな奴らはいるが、余計なもめ事に巻き込んでも申し訳ないし、自分達で対処出来なかったら救援要請を出すことにしよう。

「奴らは俺達が奇襲をかけてくるなんてこと微塵も感じていないはずだ。今回の奇襲で全て終わらせるぞ」

「うん。せっかくゲームが盛り上がってるのに、こんなことで台無しにされるのはナシ」

「そうだな！　僕達の力を合わせて頑張ろうじゃないか！」

作戦も決まり、当日のスケジュールを綿密に決めたあと、俺達はコリチのギルドを後にした。作戦まで残り四日。奴らに悟られないよう、俺達は一切連絡を止めて当日を迎えるのだった。

◆

「みんな準備は出来てるか？」

作戦決行当日、俺達は集合場所である取引場所の近くに集まっていた。辺りは暗く、湖が月に照らされている。まだ奴らは来ていないようで、辺りはシンと静まりかえっていた。

俺達は相手より少ないとはいえ、合計で二〇人のプレイヤーがいるので、固まらず距離を開けた場所で待機している。

「来たぞっ！　おそらくＲＭＴギルドの方だな」

始まりの街の方から、文字化けしたプレイヤー二人と、その後ろにやたらと偉そうな雰囲気の男が三人。その後ろには護衛らしきプレイヤーが数人ついてきている。偉そうにしているのは、俺が遭遇したことのあるショーとハデス、もう一人は知らない男だった。

黒いスーツのような装備をつけているせいで、怪しさしか感じられない。

「この取引だけで終わらせるように話はつけてあるんだよな？」

「へい。何度もやられちゃ商売あがったりですからね。その辺りの話はきっちりつけてあります」

声がでかいせいで、下っ端とショーの会話が聞こえてくる。

コリチの入手していた情報通りの発言だ。今日の取引相手は貰っていた情報通りで間違いなさそうだな。俺達は次に来るだろうＰＫギルドのメンツが来るまで、大人しく待ち続ける。しばらく時間は経ったが、ようやく目的の奴らが姿を現した。

「くくっ。言ってたもんは持ってきたんだろなぁ」

「チッ。お前らなんかに貴重な強化アイテムを渡さないといけないとはな」

「おいおい。そんな口聞いていいのか？　あの方に俺が口利きすればお前達は壊滅に追い込まれるんだぞ？」

「分かってるからこうしてお前との取引してるんだろ」

やはり、RMTギルドの方が立場は低いらしい。悔しそうに顔をゆがませながら、PKギルドの面々を睨みつける。

「金はすでに振り込んである。あとはてめぇらが俺達に渡すだけで取引成立だな」

「あんな少額もらっただけで、こんなのは取引とは言わねぇが……。おい、ブツを奴らに渡せ」

男が指示すると、文字化けしていた男二人が前に出る。俺達が狩場に行ったときにいたような奴らだ。おそらく、RMTギルドの末端プレイヤーなんだろう。奴らに取引させることで、上の人間は垢BANを避けているに違いない。

「中継はしっかり出来てるか？　俺達に声は聞こえてるが」

「ばっちりだ。完璧に流せている。さて、ある程度情報も収集出来たことだし乗り込むとしようか」

これ以上の情報は俺達が現場に乗り込んで荒らさないと手に入れられないと踏んだコリチは、突入開始の合図を促す。対象はPKギルドとRMTギルドの総勢四〇人程度だ。

逃げ道がなくなるように陣形を取ったあと、俺達は木陰から一斉に姿を現す。

「お前達の所業は全て僕達が確認した！　全て洗いざらい話すが良い!!」

「あ？　てめぇは、この間の……」

一番に反応を示したのは、俺達が現場を荒らしたときに文字化けプレイヤーを指揮していたハデスだ。俺達がこの場に現れるのは想定していなかったようで、動揺しているのがよく分かった。

「てめぇら、この取引のこと外部に流していやがったのか!!」

「せっかくここまで完璧に運んでたのに、ぶち壊しかよ」

「これが終わったら分かってるんだろうな。お前らがこれから普通にやれると思うなよ」

俺達が現れたことで、ＰＫギルドの面々がＲＭＴギルドの奴らを強く責める。

いや、俺達はお前らのこともとっちめにきたんだが……。どうしてか俺達＋ＰＫギルドvsＲＭＴギルドという構図になりつつある。

「僕達はお前らのことも成敗しにきたんだ！　君達こそこのまま普通にプレイ出来ると思わないことだな！」

コリチがＰＫギルドの面々を指さし、堂々と宣言する。奴らはそれを受けて、顔を歪ませた。

「めんどくせぇ奴らだな……。俺達に楯突いて無事でいられるわけねぇのによ」

ＰＫギルドの連中も武器を構え始めたとき、闇夜にまぶしく光る何かが、俺達の間に割って入った。

「ピピーッ!!　君達、こんなところで何をしているんだァ!!　僕が管轄する始まりの街でそんな揉め事は許さないぞォ!!」

ねちゃりとした口調、気持ち悪い言い回し。割り込んできた瞬間は誰か分からなかったが、正義だった。こんな人目につかない場所での取引をどうやって嗅ぎ付けたのか分からないが、正義はPKギルドとRMTギルドを指さし、高らかに宣言した。

いきなり現れて囲んでいる俺達ではなく、囲まれている奴らが悪いと言い切ったことに違和感は覚えたが、味方になってくれるなら問題はない。

「いくら数が多かろうと、正義である僕ゥは勝つのだ‼」

「ま、正義……。どうしてここにっ⁉」

「何でだ！　筋書き通りに全然いかねぇ」

正義が現れたことでPKギルドの奴らに動揺が走る。こいつが来たのがよほどショックだったのか？　確かに粘着されたら面倒なタイプだとは思うが、そんなに怯えるほどのものでもないだろう。

それにしても、どうせこいつが来るならロキも来てほしかったな。正義が味方についてくれるってことは最初から正義に助っ人を頼んでいたらロキも味方についていてくれていただろう。あいつがいればもっと楽にこの戦いを運べただろうに。

「や、やるしかねぇ。切り捨てられたとしても、それならやるしかねぇんだ‼」

「いくぞ。俺達のPKの技術は本物だ。全員ぶっ倒してやるぜ‼」

さっきまでの構図から変わり、俺達としては嬉しい三つ巴の形になってくれた。各々が武器を取り、入り乱れた戦いが始まる。

PKの熟練度の高いチーム。お金はたっぷりあるだろうRMTチーム。

残りは基本スペックの高い冒険攻略組チームだ。人数的にはそれぞれのチームごとにそこまで差はない。

囲んだ陣形から、攻撃を仕掛ける。まずやるのは、一番弱そうなＲＭＴチームだ。こういった多数戦では、弱い奴らから落としていく方が後で支障が出にくい。

「クロ、一発いれてこい！」

「ぐるぁぁぁ！！！」

クロはＤ―フレアを発射し、ＲＭＴチームが固まっている箇所を焼き尽くしにかかる。

「効くかァァ!!」

周りにいる雑魚達は倒すことが出来たが、中心にいた三人にはほとんど効いていなかった。外装に纏っていたスーツが燃えたせいで中に内側に来ていた装備が露わになる。

「装備が……光ってる!?」

それは一度も見たことのない光景だった。バフスキルをかけているとか、そういったものではなく装備自体が赤く発光しているのだ。普通ではありえない光景に俺は夕の方を見るが、夕ですら見たことがないらしい。

「こういう争いのために俺達の装備は圧倒的な強化をほどこしてんだよ。普通の攻撃なんか効かねぇ」

装備をどこまで強化しているのか分からないが、なるほど納得がいった。あの発光は装備を大量に強化したことによって出るものらしい。俺達は装備の強化にそこまで力を入れているわけではないし、見たことがないのも納得だ。

「それにしても、クロの攻撃をあっさり受け切るのは脅威的だな」

「うん。PS《プレイヤースキル》はどうか分からないけど、もし伴ってるなら脅威」

対応策を考えているのか、夕は眉をひそめた。

「人数では僕達の圧勝だ！　ぶっ殺してやるぜ！」

「てめぇら、意外とやるじゃねーか。この場をおさめられたら今回のことは不問にしてやってもいいぜ」

「だったら手を貸せ。お前らにも攻撃されてたんじゃ勝てるものも勝てなくなる」

「仕方ねぇ。いっちょ共闘といこうや!!」

待って。何でお前ら主人公みたいな掛け合いしてるの。まるでこっちが悪いみたいな雰囲気になるじゃん。

さっきまでバチバチとにらみ合っていたのに、いつの間にか奴らは固く手を取り合っている。ぐるりと自分達を囲む俺達のことを突破するべき壁みたいに思ってるのかもしれない。

「なんか普通に腹立ってきた。あいつら何なんだ」

「ナオ、落ち着いて。ちゃんと戦えば勝てるはずだから」

「おう……」

人数はまだ向こうの方が多いが、それでも実力的に言えば俺達の方が上のはずだ。PKギルドの実力と、あいつらの装備が引っかかるがやってやる。

「総員、かかれぇぇぇ！！！」

互いに睨み合っていた均衡を破るように、コリチが大声で指示を飛ばす。

周りにいたコリチのギルドメンバー達が勢いよく飛び出し、ＰＫギルドとＲＭＴギルドのメンバーに攻撃を仕掛けていった。

主力である俺達が戦いをのんびり見ているわけにもいかないので、二手に分かれて攻撃を仕掛ける。

コリチと俺、ガッツ、クロがＰＫギルドと戦い、正義と夕がＲＭＴギルドに向かう二チームに分かれた。コリチに前線を張ってもらい、俺はＰＫギルドと対面する。

「僕の後ろについてくればダメージはない‼」

コリチは飛んでくる攻撃を全て盾ではじき落とし、飛び掛かってくる剣士を切り伏せる。圧倒的盾だ。俺達はその後ろから、ひたすらに攻撃を打ち込むだけでかなりのダメージを与えることが出来る。

雑兵には、だが。

コリチが向かったのはＰＫギルドの方だったが、奴らの主力であろうリーダー格は、コリチのガードを崩し、ダメージを与えてくる。

「おぉ⁉」

コリチもまさか自分の防御が崩されるとは思っていなかったらしく、驚愕の声をあげた。こいつら、ＰＫギルドの下層集団って話だったが、思っていたよりも強い。ずっとプレイヤーを相手にしていただけあって、手慣れていやがる。

「コリチ、お前の防御力は当てにしてるから、簡単にくたばってくれるなよ」

「勿論さ！　手筈通り、僕は負けないよ！」

手筈通り……？　こいつと作戦なんて考えていないが、何を言ってるんだ。

「負けないでくれればそれで良い。多数戦なんだから頼むぞ」

コリチが頭脳派ではないのは分かっていたことだ。盾としての役割をきっちり果たしてさえくれれば何も問題ない。

ＰＫギルドの主戦力となるメンバーは、総勢八人。雑兵達はコリチのメンバーが相手をしてくれているので、俺達はこいつらを突破出来ればＯＫだ。夕と正義が戦っているのはＲＭＴギルドの幹部三人だが、夕が簡単に負けるわけはないので、なんとかしてくれるだろう。向こうのことは考えるのをやめて、俺は目の前の敵に意識を集中させることにした。

「全員止まるなよ。人数で負けてるんだから動きを止めたらやられるからな」

「言われるまでもないさっ！　僕は絶対に負けない!!」

コリチが目の前の敵に斬りかかる。それを見て、俺達も合わせて動く。

コリチがまっさきに叩きにいったのは、ＰＫギルドの中でもおそらく一番強いであろう装備をつけた男ディトナだ。その側近のδ蒼姫δも一緒にコリチが相手にしてくれるようなので、他の奴らは出来るだけ早く片付けないといけない。

「くははっ！　ただのうのうとモンスターだけ狩ってた奴らが俺達に戦いで勝てるわけねーだろっ!!」

「くっ！　こいつ、出来る！」

コリチならなんとかなるかと思っていたが、敵も思っていた以上に強かった。ディトナはコリチの

攻撃を軽々受け止め、一瞬のスキをついて斧を腹に突き立てる。コリチは地面を転がり、HPを大幅に削られる。イベントであれほどの耐久力を誇ったコリチが、一撃でここまで削られたのだ。この男、相当やばい。

「クロ、ガッツ！　速攻でやるぞ！」

「はい！」

「ぐるぁぁ！」

のんびりしている時間はない。コリチは一撃で三割近くのHPを持っていかれたので、このまま俺達が加勢に回らなければすぐにやられてしまうだろう。

目の前にいるプレイヤー二人を、速攻で落としにいく。俺が相手にするのは剣士と魔法使いのセットだ。そこまで距離もないので、まずは魔法使いから落としてやる。

「これでも、くらっとけ！」

疾風迅雷を発動させて魔法使いを斬りつける。いくらPKになれているからって、この速度を見切るのは至難の技だ。乖離二式を使うと完璧な制御が出来ないので使えないのが惜しい。あれを自由自在に扱えればこんな奴ら瞬殺出来るというのに。

「召喚士風情が！　調子に乗るんじゃねぇ！」

「その召喚士風情にお前らは負けるんだよっ！　こっちがどれだけ厳しい戦いを潜り抜けてきたと思ってんだ!!」

ＰＫだけしてきた奴らとは培ってきたものが違う。そんじょそこらのＰＫに俺が負けることなんてない。

俺に斬りつけられた魔法使いが地面を転がっている間に、背後をとった剣士には烈火《フレア》・槍月《ロンギヌス》をお見舞いする。剣士は盾を構えたがそれすら貫かれ、地面を無様に転がった。

立て続けに攻めると、そのまま剣士は消滅する。残りは魔法使いだが、盾もいない魔法使いなんて倒すのは難しくない。ハイパリカムのような異常魔法使いなら話は別だが、こんな雑兵魔法使いは何も出来ない。

「ひぃっ!?」

案の定、俺が剣を向けるとビビッて腰をぬかした。そのまま俺から慌てて逃げようとしたので、後ろから斬りかかるとＨＰが０になって消滅した。

「よっし。これで終わりだ。やっぱＰＫだけしてるような奴なんて大したことねぇよ」

「本当ですね。瞬殺でしたよ」

「ぐるぁ」

俺が倒したのと同じタイミングで、クロとガッツもＰＫのメンバー二人を消滅させていた。残りはディトナとδ蒼姫δだけだ。

「使えねぇ奴らだ……。あっさりくたばりやがった」

「本当ね。だらしない奴らなんだから」

なんとかコリチがやられる前に倒し切ることが出来たのは良かった。すでにコリチのＨＰは二割を切っていたので、俺達が間に合わなかったらやられていただろう。

「あ、危なかった。助かったよ」

ディトナは斧使い。δ蒼姫δは魔法使いだ。

二人は他の奴らとは違ってかなり鍛えられているのに加えて、装備も良質なものを使っている。これでPKの下層というのだから驚きだ。

これで下層なら上位プレイヤーはどうなるんだと怖くなる。上位ギルドのマスターであるコリチを、二人でやったとはいえ圧倒する実力だ。

コリチの役割はあくまで壁であって攻撃は得意ではない。そもそも攻撃をかわすようなタイプでもないので、モンスター相手ならまだしもプレイヤーが相手だと厳しいものがあるのだろう。

「ヘルスピア!!」

δ蒼姫δが突如俺に攻撃を仕掛けてきた。

黒く、巨大な針を突き刺す派手さのかけらもない魔法だ。

「くそっ」

しかし、派手さがないゆえに無駄がない。一瞬でやられた攻撃に、俺は身動き一つ取れなかった。

「派手な魔法なんて無駄なだけ。最強の魔法使いは私なの、お分かり?」

δ蒼姫δは次々に魔法を放つ。そのどれもが地味だが、かわすことが出来ないほどに早く鋭いものばかりだ。

俺だけでなく、クロもガッツも攻撃を受ける。

ガッツにダメージを与えられるということは、属性が入ってる魔法ではなく物理攻撃の判定を受けるものなんだろう。

こいつはハイパリカムとは真逆のスタイルをいった魔法使いだ。与えるダメージこそ大きくないが、間髪入れずに魔法を撃ち込んでくるのは厄介極まりない。

「そっちが速さで仕掛けてくるならこっちはそれを上回ってやる」

操作は困難になるが、乖離二式を発動させてステータスを一気に上昇させる。

辺りをめちゃくちゃに飛び回る俺のことを見て、二人は目を見開いた。

「なんだこいつっ！　召喚士のくせにこんなに動けるのか」

「さすがに上位の召喚獣を持っているだけあるね。本体の性能もなかなかのもの」

感心する二人だが、ゆっくり見物させるつもりはない。

俺は二人が俺の動きになれる前に、立て続けに攻撃を撃ち込む。二人とも素早いタイプのプレイヤーではないので、俺の攻撃は回避されることもなく連続でヒットさせることが出来た。

「どうしたぁ！　ＰＫで培ったＰＳ《プレイヤースキル》はそんなもんか！」

突き詰めた速さにはどんな力も通用しない、というのを体現させた。

俺の攻撃が通用し始めると、注意散漫になった二人にクロとガッツの攻撃を畳みかける。

クロもガッツもスキルを発動させているせいで、こいつらでは手も足も出ない。

「くそがぁぁ！　ちょこまかと動きやがって！　速く動くだけで俺達に勝てるわけねぇだろうが!!」

あまりにも連続でチクチク攻撃されすぎたせいか、ディトナが顔を真っ赤にして地面に斧を突き立てる。地面が割れるほどの威力だ。

「爆破しろ‼」

地面に突き刺さった部分が爆破し、辺りに強烈な突風が発生する。

地面に足をつけていなかった一瞬をつかれ、俺達は散り散りに飛ばされた。

しかし、コリチは俺達のように移動をしていなかったので、その場に取り残される。

「コリチッッ‼」

まずい。俺達が戦っている間にＨＰを回復させてはいたが、二人から狙われたらすぐにやられてしまうだろう。まさか吹き飛ばして時間を稼ぐためのスキルを使われるとは思ってもいなかった。

「五〇メートル近く吹っ飛ばされるなんて思わねぇよ。くそっ！」

ダメージを与えるためのスキルではなく、まさか吹っ飛ばすため専用のスキルが存在するとは……。

完全にやられた。

「僕なら問題ないさ。守ることに関しては一級品だからね」

コリチはそういうと、右手に持っていた剣を消して大盾を装備する。

そうだった。コリチが本領発揮するのは盾を二本装備してからだったな。

「バーストシィィィィルド‼」

「盾を二本持ったからといって俺の攻撃が受け切れると思うな、三下ァァァ‼」

「私の攻撃は全てを貫く。やってやるわ」

「バーストシィィィィルド‼」

俺達がコリチのもとに戻る前に、ディトナとδ蒼姫δがスキルを放つ。

コリチはそれに対して防御スキルを展開した。このゲームの対人戦は基本的に長期戦にはならない。コリチが奴らから受けたダメージを見ても分かるように、短期決戦が基本だ。

しかし、盾を二本装備して防御スキルを展開したコリチの耐久力は常軌を逸していた。

攻撃をピンポイントでガード出来ていたのもあるが、そのＨＰはほとんど減っていない。

「こいつっ！　さっきまで雑魚だったくせに！」

「見た目が美しくないからあまりこの状態にはなりたくないのだが……。仕方ないな」

俺からすれば見た目に関して言えばかなりいかしてると思うのだが、コリチなりに何か美学があるんだろう。ただ、今問題となるのは実力だ。

この二人がコリチの防御を突破出来るとは到底思えなかった。もしかしたら二人がかりでやればある程度なんとかなるかもしれないが、現時点では四対二だ。数の理がある俺達の勝利は揺るがない。

「くそっ。俺達の負けだ」

俺達に囲まれたディトナは武器を捨てて両手を挙げた。

持っていた大斧が地面に落ちると、大きな音が辺りに響く。ディトナは面倒くさそうに息をついた。

「やけに潔いな。今までキレ散らかしてたのに」

「別になんでもねぇよ。ここまで来て無駄にあがいても何も変わらねぇ」

「お前達が悪事を働かなければこんなことにはならなかったんだぞ！」

「うるせぇ。そんなでかい声出さなくても聞こえてるよ」

すぐに激情にかられるタイプかと思っていたが、意外と冷静な奴だったらしい。状況把握は一応出来るようだ。

「ナオッ!!　ごめん、いきなり出てきて対処しきれないのがそっちに流れた!!」

俺達が武器をおろし、ディトナとδ蒼姫δへの攻撃を完全に停止させた時だった。後ろから夕がらしくもない大声で、俺たちに警鐘を鳴らした。

「はっ!?」

ちらりとそっちを見ると、さっきまではいなかったはずのプレイヤーが大量に現れる。

全員がRMTプレイヤーで上位装備をつけていた三人のようにガチガチに装備を着込んでおり、赤く装備を光らせている。

「……!!」

夕と正義はそれぞれ四人を相手に奮闘しているが、俺達のところに流れてきたプレイヤーはその比ではない。二〇人近くが向かってきているのだ。

「こ、こいつら何処から湧いて出てきたんだ!!」

コリチも驚きで声をあげた。いくら隠れていたにしても出てきすぎだ。

「隙だらけだぜっ!!」

「ぐぅぁぁああ!!」

ディトナは落ちていた大斧を拾い上げると、背を向けていたコリチを思いきり斬りつける。盾二本装備したことで防御力を大幅に増強させているコリチだが、さすがに不意打ちの攻撃には大きなダメージを負うことになった。ディトナにこれ以上連続で攻撃をさせるつもりはないが、こっちに流れてきているプレイヤーも気になる。このまま戦っていたら敗北は必至だ。しかし、コリチが運営に会話を流してくれているので、全滅はもちろんのこと、コリチを殺されるわけにはいかない。

「クロ、ガッツ！　コリチのことは何が何でも守りきれ！」

「おせぇよ。お前ら。やられるかと思っちまったじゃねぇか」

コリチを斬りつけたことに気を良くしたのか、ディトナが妙なことを言った。ディトナの発言は、まるでこいつらが現れるのを知っていたかのような発言だ。こいつらの装備は明らかにＲＭＴプレイヤーと同じ類の装備だが、ディトナはこいつらが来るのを知っていたのか……？

何かがおかしい。

「くははは！　不思議そうな顔をしているな。どうせ取引現場を見られたなら同じだし教えてやろう。俺はてめぇらが来るのなんざとっくに知ってたんだよ。揉めたふりも全部演技だ」

「は？」

言っている意味が全く分からない。俺達がここに来るのを事前に知っていたのも意味が分からないし、知っていたのにここで取引を強行した理由もさっぱりだ。

「へへっ。ここでてめぇらの立場が下だってことを教えてやろうと思ってよ。イベントで一位になって調子に乗ってるてめぇらにお灸をすえてやるための壮大な仕込みってわけだ」

俺が疑惑の目を向けているのが分かったのか、さっきとは違いディトナはベラベラと自分の思惑を話し始める。俺達がここに来るのを知っていたあたり、こいつの情報収集能力は意外と長けてるのかもしれない。

「俺達がここで取引をしているのを知ってるのはてめぇらだけだろ？　だからこそこの程度の人数しか集められてねぇんだ。ＲＭＴだろうがなんだろうが、バレなきゃどうってことはねぇ」

ディトナは不必要なことまでしゃべってくれるからありがたい。最初の音声から全て運営に流すことが出来ているし、これだけ集められれば証拠としてはこれ以上のものはないだろう。

『データの収集は完了しました。以前からいただいたデータをもとに、不正取引に携わっていたプレイヤーのアカウントを消去します』

「聞こえたか？　運営が完全に動いた。前から色々調べてくれていたみたいだが、これでこいつらは終わりだ」

コリチが、運営からのメッセージを全員に聞こえるようにアナウンスで流した。ＲＭＴプレイヤー達も、ＰＫギルドの面々も驚きで目を見開く。まさか、現在進行形で通報が行われているなど思ってもいなかったようだ。

「てめぇら、汚いぞ！」

「運営にチクってやがったのか！」

あちこちから罵声が浴びせられるが、消えゆくプレイヤーの戯言など知ったことではない。あとは、運営がこいつらを垢バンしてくれるのを待つのみだが、俺達はこの場をすぐに離れるわけにはいかない。条件にもよるが、死んだプレイヤーは一定確率で装備をドロップすることになるからだ。プレイヤーがドロップした装備品は一定時間そこに存在し、誰でもその装備品をゲットすることが出来る。

俺達がこの場を離れた後、窮地に追い詰められたこいつらが何をしでかすか分からない。他のプレイヤーを殺し、強引に装備を奪っていく可能性もあるのだ。こいつらをここまで追い詰めたのは俺達なので、この不正集団が垢バンされるまで、しっかりと見張っておく義務がある。

ここから始まるのは大量の不正集団をこの場で抑える戦いだ。決して倒してはいけないし、俺達はやられてはいけない。こいつらを逃がしてもいけない。圧倒的不利な防衛戦となる。

「くそがぁぁ！　てめぇら、全員ぶっ殺して装備ぶんどってやる。てめぇら！　こいつら全員ぶっ殺せ!!」

「やることは分かってるな！　全員死ぬなよ！」

自身の命が残り短いと分かったディトナは、怒りの声を上げる。

俺達以外には興味はないようで良かった。散り散りになって普通のプレイヤーを襲われるのが一番嫌だったからな。

そうなると、ここからはおおよそ三〇対五の戦いだ。最強の装備に身を固めた奴らを相手に、一人で六人をさばかなければいけない。

「分かりました!!」

「ぐるぁぁ！」

「出し惜しみはなしだ！　最初から全開で行け！」

正義は並外れた耐久力を持っているのでここまでRMTプレイヤーからの攻撃を受けながらも戦ってこられているが、おそらく、俺達の防御力では奴らの攻撃を受け続けるのは厳しいだろう。速さを使い、圧倒しなくてはいけない。

俺は疾風迅雷と乖離二式、クロは疾風迅雷、ガッツは乖離二式をそれぞれ発動させて自身の敏捷値を最大まで高める。

奴らがどんな攻撃を仕掛けようとも、触れもしないスピードにはどんな攻撃も通用しない。俺達はまるでGのように地上を動き回り、圧倒する。コリチは動き回れていないが、防御に徹していれば簡単にやられることはない。

「あぁぁぁ!! ちょろちょろ動き回りやがって!! 全員限定スキルを発動させろ！」

俺達を押し切ることが出来ないのにいら立ちを覚えたディトナが指示を出すと、俺達に襲いかかろうとしていた奴らの持っていた武器が強く発光した。

「なんだっ!?」

魔法使いや剣士、色んな職業が混ざり合っているが起きた現象は同じだ。基本スキルじゃないので全員が同じスキルを使えるってことはないだろう。もしや、装備を紅く発光するレベルまで強化することが出来れば新スキルを獲得出来るのか……？

この戦いにきて初めての収穫だ。今まではそこまで強化に対して力を入れていなかったが、こいつらのスキル次第では今後の方針を変えるまであるな。

見物してる場合じゃないのに、どうなるか興味津々で見ていると奴らは次々とスキルを発動させていく。やはり、発動させるスキルはバラバラだ。スキルを発動させた時だけ同じ様子になってしまうようだ。

「マスター！ これやばくないですか!?」

「ナオ、これは⁉」

正直、経過観察してる場合ではなかった。全員が赤い光とともに強力なスキルを放ってくる。そのどれもが、何かしらのモンスターを顕現させるものだ。透けているので実体こそないようだが、鬼、悪魔、天使、様々なモンスターを背に出現させた。顕現させた悪魔にビームを放たせたり、悪魔を背後に連れて一緒に攻撃してきたりとめちゃくちゃだ。

三〇人近くが同時にそんなモンスターを呼び出したせいで、あたりは地獄絵図と化している。隙間もないほどに攻撃が放たれ、俺達を撃ち抜かんとする。

「これは僕ぅぅぅの出番だねぇ‼」

遠くでRMTプレイヤー達と戦っている正義が大声をあげた。ちらりとそちらを見ると、正義に襲いかかっていたRMTプレイヤー達は一度距離をとっている。スキルを発動させるときに隙だらけになるので、ディトナの指示に合わせて正義と夕から離れたらしい。

その隙をついて、正義が大掛かりなスキルを発動させたようだ。正義の身体が銀色に輝き、純白の翼が生える。

「エンジェルナイトモォォォォド‼」

胸を突き出し、両手を後ろに伸ばして空を翔けるようなポーズをとる。衝撃的なダサさだが、正義としてはあれがカッコいい決めポーズなんだろう。おそらく、ここにいる敵からすら可哀そうな目で見られている。

「光の心と光の意志で街を守る！　光の使者エンジェルナイト！」

まるでキュアキュアな戦士のように目をキラキラとさせている正義は、瞳だけ見れば純朴な少年……いや、よく見ると思っていたより濁っていた。

「正義ッ！　頼りにしてるぞ!!」

「任せたまえッッ！　情けない君達ィを救済してあげようッッ!!」

全員動きを止め、正義に注視していたので応援する言葉をかけると、満面の笑みで正義は応えてくれた。よほど頼りにされるのが嬉しいらしい。

「や、やれ！　やっちまえ！　翼が生えただけのデブなんざ消し炭にしろ!!」

正義の状態変化も落ち着いたところで、ディトナが指示を出す。俺達に攻撃をしようとしてたRMTプレイヤー達も、正義の方へ向き、顕現させたモンスターとともに攻撃を仕掛けていた。正義は三六〇度完全包囲された状態からの集中砲火を浴びることになった。

「これはさすがに……」

いくら正義の耐久力が並外れていても、さすがにこれは駄目だろう。夕のように攻撃をかわすタイプならまだしも、全てを受け切る正義のようなタイプは真正面から攻撃を受け切るしかない。その難易度はあまりにも高いように思えた。

地面にスキルがぶつかったことで砂塵が舞い、一度視界が奪われる。全員が正義の結末を見守った。

「ばかなっ!!　なんであれをくらって生きてやがる!!」

砂塵が収まりかけたころ、その中に一つの影が立っていたのだ。あれだけの攻撃を受け、普通は無事で済むはずがない。

「ハァーッ!!　僕ぅへ与えたダメージは、全てお返しだァァァ!!」

砂塵が完全になくなると、さっきと比べて明らかに正義が纏う光の量が増していた。そして、身体を解放させるようなジェスチャーをすると、正義から銀色の輪が放たれ、周囲に広がっていく。

「ん？　なんだこれ」

俺達の体を銀色の輪が貫通していったが、特に何も起きない。

「なんだこれ!!　動けねぇ!!」

俺達には何の異常もきたさないので不思議に思ったが、効果を受けているプレイヤーもいるようだ。

どうやら正義が放ったスキルはカウンタースキルらしく、攻撃してきた相手の動きを止めるものらしい。

「僕ぅへ仕掛けた攻撃が大きければ大きいほど、身動きがとれなくなるスキルさ。僕ぅは襲撃者を簡単に許しはしないッッ!!」

ビシッ！　という擬音が似合うぐらいに勢いよくディトナのことを指さした。

「そういや、ＲＭＴギルドの上層部みたいな奴らはどこに行ったんだ？」

「あいつらならこいつらが現れる直前にいきなり姿を消したわ。どうなっているのか私にもさっぱり」

周りのプレイヤーが完全に動きを止めたことで、正義と夕もこちらに移動してきた。

「妙だな……。戦いの途中で逃走するようなタイプだとは思えないんだが……」

「そんなのは良いんだよォ！　君ィ、観念するんだねぇ」

赤色の装備を持たず、動きを止められなかったのはディトナとδ蒼姫δだけだ。残りの二八人は正義のスキルが相当効いているらしく、微動だにしない。

「くそっ。完全に詰みか……」

元々俺達に対して苦戦していたのに、ここにきて六対二の状況だ。ディトナからしたら諦めるしかあるまい。さっきから一捻りした攻撃を仕掛けてきたが、さすがにもう尽きただろう。これ以上のことをやられたら正直対処出来る気がしない。

『アカウント停止を開始します』

戦闘が完全に終了したタイミングで、コリチが運営からのメッセージを流してくれた。

辺りにいた最強装備を着込んだプレイヤー達が一気にログアウトし、俺達だけが残る。

「くそっ。こんな取引持ちかけるんじゃなかった。完全にやられたぜ」

「悪いことするからこんなことになるんだ。このゲームでやり直すことは出来ないだろうが、これに懲りたら悪事に手を染めるのは止めるんだな!!」

「ちっ。勝ったからって正義ぶりやがって。最後までうっとうしい奴だ」

「本当に残念。うまくやるつもりだったのに……」

最後に捨て台詞を残して、ディトナとδ蒼姫δも消滅していった。

『ご報告ありがとうございました。一部ではありますが、これでRMTプレイヤーに適切な処罰を下すことが出来ました。こちらでも情報収集は行っていますが、こういった情報がありましたらご報告お願いします』

「もちろんですっ！　悪い奴らがこのゲームをやってるなんて害ですからね！」

「まぁ、あんまり厳しく見張らないようにな」

『では、これにて私は失礼します。今後ともe-world Onlineをよろしくお願いします』

挨拶を終えたあと、その後運営から連絡が来ることはなくなった。かなり長い戦いになったが、これにて一件落着だ。

「それにしても、正義はどうしてこんな場所にいきなり現れたんだ？」

「ここに悪い奴がいるって情報を教えてもらったからねェ。街の治安を守るために僕がかけつけたのさァ!!　事件も解決したし僕ゥは街の治安を守るパトロールに戻るよォ！」

「おい！　そんな情報誰にもらったんだっ!!　って、もういねぇし!!」

正義は何の情報も俺達に与えず、その場を軽快に去っていった。いつも街の治安が悪くならないように動き回っているような口ぶりだったし、始まりの街で情報を聞きつけたのかもしれない。気にしても分かることではないので、考えるのを止めた。

「ナオにマイハニー。今回はトラブルの解決を手伝ってくれて本当にありがとう！　今度何かあれば僕が力になるから、いつでも声をかけてくれよな！」

「おう」

「うん、何かあったらお願いするかも」

三人で始まりの街に帰り、商店街に不正取引をしていた露店がなくなっていたのを確認した後、俺達は解散した。とんでもないことに巻き込まれてしまったが、無事に解決出来て良かった。

◆

とある場所で、男が事の顚末《てんまつ》を見ていた。

男達が垢バンを受けるのを水晶で見ると、にやにやと厭《いや》らしい笑みを浮かべる。

「くくっ。やはり両方切り捨てるのは正解だったなぁ。使いにくい奴だったし、厄介払いも出来て丁度良かった」

「ボス、どうして正義さんを今回巻き込んだんですか？」

男に首を垂《こうべ》れ、ひざまづいた側近がお伺いを立てる。側近はボスから事の流れだけ聞いていたが、深い内容について知らされていなかった。

「あいつを味方につけさせれば俺が疑われることはないだろう。俺が表に出ればＲＭＴギルドの奴らに勘付かれるからな。奴を表に出せばそんなことにはならないだろ？」

「確かに……。ボスが二つのギルドに所属しているなんて普通は気づきませんね……」

普通のプレイヤーはあまりやらないが、このゲームは掛け持ちでギルドに所属することが出来る。裏で動いているボスは、その仕様を利用してナオをうまく利用していた。

「あいつらが俺に事を知らせずに取引をしている情報を流したのもうまくいって良かったよ。ナオ達が俺の手のひらで動いている様は滑稽だったなぁ」

「結果から見ても、本当に的確な計画でしたね……。奴らは最初にけしかけたのはＲＭＴギルドだと思っていたでしょうし」

側近はボスの深い作戦に驚きを隠せない。まさか、最初にナオ達に下っ端を襲わせたのがこのボスだと勘付くことなんて到底不可能だろう。

「正義が余計なことをせずに作戦通りに動いていたのも良かった。余計なことをしないようにとは伝えていたが、何かしらあるとは思ったんだけどねぇ」

「今回は素直に言うことを聞いた感じでしたね。作戦通りにいって良かったです」

ボスの作戦は驚くべきものだったが、唯一失敗があるとすれば正義が余計なことをしでかすことぐらいだった。いつも想定外のことをやらかす正義だが、今回に限ってはただ言われたことを遂行したのみだった。そのことに驚きは隠せなかったが、作戦がうまくいったのは喜ばしいことだ。

「奴らからのアイテム供給がなくなったのは痛いが、これから本格的な行動に出るぞ。次のイベントで俺達が勝つためには、ここからが本番だぁ」

ボスは自分の作戦が完璧に遂行されたことに満足はしたが、重要になってくるのはここからだった。上位プレイヤーの装備を奪い取り、自身の力を増強させるための一大計画だ。

「はい！　奴らに勘付かれないうちに、上位ギルドから装備を奪い取りましょう」

「分かってるな？　もう大人しくしている必要はない。全員総動員して装備を奪い取ってやれ」

「はい！　了解しました！」

側近の返事を聞くと、満足げにボスはその場から姿を消す。

これから、全てのプレイヤーを巻き込む大騒動が始まろうとしていた。

第４章
招かれざる者

始まりの街を適当に散策していると、俺はグレンに呼び止められた。美味しい話でもあるのかと思ってルンルンでついていくと、雅《みやび》があまりよろしい雰囲気ではない表情で俺達のことを待っていた。

「おう……。どうしたんだ」

「その様子だとあなたは全く狙われていないようね」

重々しい雰囲気の雅に声をかけられ、全く見当のつかないことを言われる。

少し前に大きな問題にぶつかっていたが、あれは俺達が解決した。すでにRMT集団はいないし、市場は本来の姿を取り戻している。

「近頃、PKギルドが辺りのプレイヤーを狩って装備を奪っているんだ。ここ最近、上位プレイヤー達も狙われているんだが、ナオを狙うまでには至っていないようだな」

「俺のところにはまだ来てないけど、グレンのところは誰かやられたりしたのか？」

そもそも、ギルド単位で動いていないので、ターゲットになる確率がそもそも低いのはあるんだろう。グレン達のギルドは数十人単位のものなので、一つの団体として考えると俺の数十倍狙われる確率はあるわけだし。

「二人やられた。今は誰がPKギルドの主犯格なのかを探している」

「目星はついているのか？」

「あぁ、一応な」

上位ギルド達の情報網は本当にすごいな。コリチもそうだったが、そんな情報どこから引っ張ってきているんだというものを当たり前のように話してくる。

「それで、どうしてPKがいきなり活性化したのかまで分かってるのか？」

ついでに、何処まで情報を知っているのか聞いてみることにした。

別に知っていなくてもなんら不思議ではないが、そこまで深い情報を持っていたら驚きだ。

「あぁ……。分かるぞ」

えぇ……。グレンは深刻そうな顔をしつつも、迷うことなく答えてきた。俺としてはPKギルドなんかよりもグレン達の情報収集能力が恐ろしい。

「最近RMTギルドが潰されただろう。あいつら、自分達はPKギルドにアイテムを納めることで自分達が狙われないようにしていたんだ。つまり、RMTギルドからの物資支援がなくなったせいで、PKギルドがその穴を補填するために動き出したってわけだ」

なるほど……。俺があの問題を解決したせいで次の害が起きてるということか。良いことをしたはずなんだが、あれだと対処が中途半端だったか。確かにあの時、PKギルドとRMTギルドが取引をしていたわけだし、こういう弊害が起きることも考えておくべきだった。

「なるほど。それで、グレン達はこれからどうするんだ？」

「俺達は目星をつけている奴に声をかけてみる。その後、もし力が必要ならナオの力を借りたいんだ」

「別にそれは構わないが……。PKギルドにPKを止めさせる話術なんて俺は持ち合わせていないぞ」

単純な戦闘ならまだしも、俺にトークスキルを期待してはいけない。面倒くさくなったらPKギルドのメンツなんて力でねじ伏せれば良いと思ってるぐらいだ。

「構わないさ。そういって貰えただけでも嬉しいよ」

「ナオ、ありがとね。出来るところまでは私達でなんとかするから」

雅とグレンは、俺にそう言うとその場を後にしていった。

どうやら、この足でそのまま目星のついているプレイヤーのところにカチコミをしかけるらしい。

随分強引なやり方だとは思うが、うまくいくように祈っていよう。

◆

Ｓｉｄｅ　グレン

「ナオに付いてきてもらわなくて良かったの？」

ナオと別れたあと、少し心配そうに雅が声を出した。今からゲームの問題児と対峙するにあたって、さすがに不安らしい。雅は指示を飛ばすのは得意だが、対人戦に関してそこまで強さがあるわけではないからだろう。かくいう俺も鍛冶師が本職なので戦闘に対して自信があるわけではないが、雅とギルドを率いる身としては動かざるを得ない。

身内がやられているのに何もしないトップなんて見限られるに決まってるからな。

「あいつが狙われてるならまだしも、現時点では関係ないしな。ナオはギルドのメンバーってわけでもないし、俺達が何か動く前に頼るのはおかしな話だろ」

「まぁ、そうね……。それで、あいつは本当に来てくれるの？」

「あぁ、そういうのを破る奴じゃないから大丈夫だと思うぞ」

俺は目星をつけている奴を呼び出したのだが、本人に疑われている自覚がないおかげで俺の呼び出しをあっさり受けてくれた。ずれた奴だが小細工をしてくるような奴ではないのだ。

「やけに信頼してるわね……。それで、わざわざ人気のないダンジョンに呼び出して平気なの？」

「問題ないさ。逆に人に見つかると面倒だからな。あいつと俺達が変につながっていると思われたくない」

俺は待ち合わせ場所に全プレイヤーが避けるようなしょぼいダンジョンを指定した。本来はダンジョンは話し合いなんてする場所ではないが、あまりにも不人気ゆえにこういった話をするにはあのダンジョンは都合が良い。

「それにしても辺鄙《へんぴ》な場所にあるわよねぇ……。中身もひどいのに場所まで悪いって何のために存在しているのか不思議だわ」

「確かにな。本当に謎だ」

俺達は始まりの街から移動してかなり時間が経ったところで、ようやくダンジョンに到着した。荒野の中で天に伸びている塔は一見すると貴重なアイテムや、限定イベントなんかを期待するような外観をしているが、中はスカだ。

中にはろくにモンスターもおらず、いても低レベルのもののみ。ダンジョンの宝箱から手に入れられるアイテムは始まりの草原で出てくるような、レベル1でも手に入れられるようなものしかない。

ゆえに、ネット界隈でこのダンジョンは木偶《でく》の塔と呼ばれている。

「入るわよ」

「あぁ」

木偶の塔の扉を雅が開き、俺達はゆっくりと中に入る。やはり中にモンスターはほとんどいないし、当然ながらモンスターもいない。

「念のため合流場所はこの塔の最上階にしてあるんだ。いきなりプレイヤーに入ってこられても嫌だからな」

大概のプレイヤーはこのダンジョンに入ってこないが、時折何も知らずにここに来るプレイヤーもいるらしい。そんな変わったプレイヤーもこんなに何もないダンジョンを登る気にはならず、すぐに退散していくのだ。

俺達は辺りの様子を窺い、目的の人物が潜んでいないことを確認したあとにに螺旋階段上がっていく。

「私は初めて来たけど、本当に何もないのねぇ……。ここで何かイベント起きたりしないのかしら？」

「何かのイベントで使う予定なのかもしれないな。こんなでかい塔を作って何もなしってのはさすがにおかしいし」

木偶の塔は高さ数百メートルの高さはある。俺達は螺旋階段をひたすらに駆け上がっているが、ため息をつきたくなるぐらいの高さだ。見どころも何もないので、無心でひたすらに駆け上がっている。

「まだかなァァァ!!」

俺達が階段を上がっていると、塔の上部から男の声が聞こえてくる。待ち合わせの時間はあと十分ぐらいあるが、奴は時間前に来てくれているようだ。良い奴とは口が裂けても言えないが、変にしっかりしている奴だ。

「来てるわね……」

「おう。あんまり待たせると俺達が到着してもすぐに帰るとか言い出しそうだし急ごうか」

「分かったわ。暴れられたら厄介ですもの」

雅も俺の言葉に同意し、足を速める。あの男は単純な戦闘能力も確かなのだが、ねちっこいのだ。この場で戦いが終わったとしても、一度もめればその後一生粘着されるのが目に見えている。ただでさえ呼び出して良く思われてないだろうし、早く上に行くとしよう。

足を速めて階段を上っていくと、ようやく頂上に到着した。

頂上は少し広めの踊り場になっており、そこに目的の男が寝転がっている。

「正義、待たせたな」

「よく来てくれたわね。グレンの呼び出しに応じてくれるなんて思ってもいなかったわ」

「おォ！　ようやく来たね。僕ゥをこんな変な場所に呼び出して、何の用なんだい？」

だらしない身体を転がして、据わった目で俺達のことを見る。待ち合わせより早く到着して不機嫌になるのは勘弁してほしいが、こいつの身勝手さはいつも通りだ。むしろ、集合時間前に来ていることをありがたいと思わなくちゃいけないいな。

「あぁ、単刀直入に言うとお前がＰＫギルドに関わっているんじゃないかと思っている」

「そうよ。あなたがＰＫギルドを見逃しているなんて明らかにおかしいもの」

「おォ!? 僕が、ＰＫギルドに……」

正義は常にゲームにログインし、このゲームで何か揉め事があれば飛んでいくし、自分の言うことを聞かないプレイヤーに対して罰を与える謎の治安活動を行っている。喧嘩両成敗でもめてる奴らを全て殺すので、問題に対する対処の仕方が正しいかと言えば首を傾げなければいけないが、そんな活動をやっている奴がＰＫギルドに対しては沈黙を続けていることに違和感を覚えたのだ。

ただ呼び出してはぐらかされても困るので、こういった場で話をつけることにした。

「あぁ、その通りだ。どんな小さな揉め事にも突っ込んでいくお前が、他のプレイヤーを何十人、何百人も殺して問題になっている奴らを相手にしていないのはおかしいと思ってな」

「なるほどォ……。確かに、僕ゥはＰＫギルドに対して何もしていないねぇ」

正義はだらしなく寝転がっているところから立ち上がった。だらしない体勢で話す内容ではないと理解してくれたらしい。

「それで、どうなのよ。私達としてはあんたがＰＫギルドとつるんで裏で何か画策してると思ってるんだけど？」

「えェ……」

正義は雅の言葉に驚いたらしく、言葉を詰まらせた。その表情からも、戸惑っているのがありありと分かる。てっきりよく分かったねェ!! とか言って襲ってくるかも、なんて思っていたので予想外の反応だった。こいつ、ＰＫギルドと繋がっていなかったのか？

「僕ゥがあいつらと仲間なわけないじゃないかァ。僕ゥはね、正義のために動くんだよ」

「正義のためならなぜＰＫギルドを倒さないんだ？ あいつらはこのゲームからしたら完全な悪だろう。困っているプレイヤーが大量にいるんだぞ。あいつらが怖いといって狩りに出れないプレイヤーだっているんだ」

むしろ他のどうでも良い揉め事なんかに首を突っ込んでないでＰＫギルドの対処だけしていてほしいぐらいだ。なのに、こいつはＰＫギルドと対峙する気は全くない。

「それはねェ、僕がＰＫギルドの相手をしないようにって言われてるからだよォ。彼らは、街の治安を守るためにあやって力を見せているんだァ。あいつらがいるからこそ、悪い奴らが新たに出てこないのさ。余計なことをして自分たちが狙われたくはないだろう？」

「は？」

言っていることが全く理解出来なかった。ＰＫが治安に貢献していると、本気で言っているのか？ 正義は口でうまいこと誤魔化してくるタイプではないので、今はただ事実を言っているだけに違いない。

「あれで治安が守れるんだったら誰も苦労しないわ。あいつらは自分達の好き放題暴れているだけじゃない」

正義の言葉にイラついたらしく、雅が正義に詰め寄る。眉間にしわを寄せた雅に詰め寄られた正義は、両手を上げて戦う意思がないことを示した。

「僕ぅはそれが正しいってすごく詳しく教えてもらったけど、うまく説明出来ないからねェェ。その辺り、本人から聞いたら良いんじゃない？」

「本人？」

俺が首をかしげると、奥から人影が出てきた。どうやら、最初から隠れて俺達の話を聞いていたらしい。正義はこいつがいることを知っていたようなので、グルか。

「はぁ……。念のために付いて来ただけだったのに、まさかここまで特定されているとは思ってもいませんでしたよ」

影から出てきたのはロキだ。正義のギルド、Ｋｉｎｇｄｏｍ ｏｆ Ｊｕｓｔｉｃｅのサブマスターであり、頭脳戦が苦手な正義の代わりにギルドの頭脳としての役割を担っているらしい。正義との関わりが濃いのは分かるが、どうしてこいつが付いてきているんだ……？

「ロキ、俺達はお前のことを呼んだ記憶なんてないんだが？」

「そうよ。今日は正義に話があるの。あなたが混ざってくると話がややこしくなりそうだから勘弁してほしいのよ」

ロキは口がうまく、頭の回転も早い。こういう奴が話し合いの場に出てくると厄介極まりないのだ。出来れば引っ込んでほしいが、わざわざこのタイミングで出てきたあたり引き下がってくれることはないだろう。

「そう邪険に扱わないでくださいよ。僕から答えを教えてあげるんですから」

「答え？　俺は正義に聞いてるんだ。どうしてPKギルドを見逃しているのかってな」

俺がそう言うと、ロキは呆れたようにため息をついた。

「僕から話させてもらいますね。一応正義さんにPKギルドについて話したのは僕ですし」

「ロキくんは僕にとって良い世界を作ろうとしてくれてるからねェ。すごくありがたい話」

正義はロキのことが相当気に入っているらしい。いつもは不愛想なのに、今はニマニマと気味の悪い笑みを浮かべている。

そして、ロキが正義について話し始めた。

「僕は、正義さんのギルドがしっかり街を統治出来るようになるために、悪い奴らを教えてあげてるんですよ。PKギルドが倒しているのもそういう奴らだから、正義さんは動かないんです」

穏やかな笑みを浮かべてロキは言うが、そもそも『悪い奴』の定義すら分からない。うちのメンバーは悪事なんかに手を染めていなかったし、PKされる理由も不透明だ。

「そういうことだからさァ。僕ゥも色々PKギルドの子達とは話したけどォ、僕ゥの意見に賛同してくれる良い子達だったよォ。ロキくんの教育が行き届いている感じが伝わってきたねェ」

「ロキの、教育？」

「どういうことなのよ。話が飛びすぎてて見えてこないわ」

どうも話が見えてこない。正義にPKギルドについて詳しくロキが話していたのは分かったが、そいつらをどうしてロキが教育しているんだ。

俺達二人が状況を理解していないのが分かったらしく、ロキはクスリと笑った後に話を続ける。

「分かりませんか？　僕がＰＫギルドのマスターなんですよ。正義さんのギルドが街をしっかり統治出来るように作った下部組織ですけどね」

「お、お前がＰＫギルドを指揮していたと……。それで、そこまで説明してくれた理由はなんなんだ？　わざわざ言わなければマスターがロキだったなんて答えまでは至らなかったぞ」

仮にＰＫギルドを運営していたとして、俺達の前で名乗り出るメリットは全くないし、今後敵対関係になるという意味でもデメリットしかないだろう。

「作戦を次の段階に移してもいい頃合いなんですよ。次のイベントで正義さんか、僕が頂点を獲る。そうすれば街の統治はさらに楽になるでしょう。そのために、これから先、上位ギルドで僕達の言うことを聞かない人間から装備を奪い取るんです」

すでにＰＫギルドは懐を潤すことは出来たから、次のイベントに向けて上位プレイヤーから装備を奪い取り、自分達がイベントで勝ち上がる確率を上げているってわけか。正義としては自分が簡単に街を統治出来ればそれで満足なんだろうし、自分の言うことを聞かないプレイヤーを悪とする正義からしたら理想の世界へと近づいているんだろう。

「随分と自分勝手な立ち回りだな。わざわざそれを俺達に伝えたということは、宣戦布告と受け取って良いんだな」

「はぁ……。しっかり言わないと理解してくれないんですね？　準備が出来たから上位ギルドから装備を奪い取るって言ってるんです。僕達から装備を盗られないように、ちゃんと強くなってくださいね？」

こいつらとしては装備を奪いたい、俺達としては装備を奪われたくないから強くなるしかない。だから宣戦布告をしてきたってわけか。あいつらからしたら狩られる側の俺達が貧弱なままだと狩るメリットがないからな。

「一つ、面白い話があるんですよ。そっちにもメリットはあるんですけど、話を聞いてくれませんか？」

完全に対立の流れを作っておいて、今更交渉などとバカげたことをしてくる。ただ、ここで帰ってもこれから先嫌な戦いが続くだけだ。話を聞くぐらい問題ないだろう。

「僕達としては上位ギルドの装備が欲しい。あなた達としては今後ＰＫの恐怖に怯えながら毎日過ごすのは嫌ですよね？　なので、僕達と全面戦争しませんか？　場所と時間を決めて、真正面からぶつかるんです」

「そこに俺達はどうやってメリットを見出すんだ？　戦いの場を増やすだけにしか思えないし、ただリスクが増えるだけだろ」

「メリットならありますよ。この戦争であなた達が勝ったら僕達はあなた達にＰＫするのを今後一切やめます。代わりに、僕達が勝ったら戦争に参加したメンバーは次のイベントには参加しないでください。もちろん、それを破れば僕達から集中砲火を浴びることになります。当然ですが、今後もＰＫは続けられることになりますね」

戦争を受けて真正面からこいつらを叩き潰せばこれから先ＰＫされることはない……と。現状上位ギルドだけでなく多くのプレイヤーがＰＫに困っていると聞く。俺達が戦うことでそれを止められるなら、話としてはありだ。ただ、問題が一つだけある。

「その条件だけじゃ足りないな。俺達が勝ったら今後一切お前達はＰＫを止めろ。あと、お前が提示している条件はあくまで口約束のものだ。守れる保証はあるのか？」

ロキが提示してる条件は、簡単に破れるような内容のものだ。ＰＫをしない、なんて指示してないのに勝手にやった、なんて言われたらせっかく戦争に勝ったとしても、それを簡単に覆されるのでは苦労が水の泡となってしまう。

「それは僕ぅが保証しよう。君達が僕ぅ達の正義を上回れるなら、一切攻撃はさせない。攻撃を始めて対処しなかったら、僕ぅはギルドを解散しよう。一時的に君のギルドメンバーを僕ぅの代理としてギルドマスターにして、ギルドの全権限をくれても良いよ」

「ほぉ……」

ギルドマスターにするということは、ギルドの解散権限を与えるということだ。

仮に解散しても別にギルドは再建すれば良いだけだと思うだろうが、そんな簡単な話ではない。ギルドは所属しているメンバーが狩りやお金を稼ぐことで常に成長している。成長することでメンバーには経験値のボーナスがついたりと、恩恵があるのだ。それを全てぶち壊されるというのは、かなりの痛手となる。そのリスクを背負えるということは、信じるに値する。

「分かった。その条件なら問題ない」

「決まりですね。なら、二週間後に始まりの街から南に進んだ平野で戦いましょう。そこなら人の邪魔もつかないし、良いんじゃないですか？」

「ダメだ。場所は俺達が指定する。そこにお前達が来い。あと、期間内でＰＫするのはやめろ」

戦争の場所を向こうが決めた場所にしては、どんな罠を張られているか分かったものではない。そもそもこの交渉をしたくてロキは出てきたんだろうし、言われたとおりにやっていては勝てる戦争も勝てなくなる。

「ちっ。分かりました。なら、戦争の一週間前には僕達に連絡してくださいね」

俺がロキが提示した条件を拒否すると、眉を顰めながらも合意してくれた。やはり、あのままロキの条件を飲んでいたらろくな目にあっていなかっただろう。交渉して正解だった。

「雑魚を連れてきても、ろくなことにならないから止めてくださいよ？」

「こんな戦争に戦えないプレイヤーなんて連れてくるわけがないだろ」

「ふふっ。確かにそうですね。それじゃ、戦争の日に向けてしっかり強いメンバーを集めてきてくださいね？」

「言われなくてもお前達を完封して二度とＰＫ出来ないようにしてやるさ」

「楽しみにしてますよ。正義さん、話し合いも終わりましたし僕達は帰りましょうか」

「そうだねェ。うまく話もまとまったみたいだしィ、さすがロキくんだァ」

ロキは意味深な笑みを浮かべたあと、上機嫌な正義を連れて階段を下りていった。

「はぁ……。こんなことになるとは」

「まさかＰＫギルドと戦争をすることになるなんてこれっぽっちも想定していなかったわ」

奴らはＰＫのプロフェッショナルであることは間違いない。たとえ自分達よりもレベルが上だったとしても、ＰＫ慣れしていないプレイヤーだったら苦も無く倒されてしまう可能性は十二分にあり得る。それに、奴らはＲＭＴギルドと通じていたこともあってそれなりの装備を持っているのは間違いないだろう。

「俺達のギルドでぶつかるだけじゃ戦力不足だろうなぁ……」

「そうね。そもそも人数については何も言ってなかったし、集められるだけ戦力を集めた方が良いと思うわ」

ＰＫギルドvs俺達のギルドという構図にはおそらくならない。知り合いも全員巻き込んでこの戦いに勝利する必要がある。

「本当ならナオは巻き込みたくなかったんだけど、頼らざるを得ないよなぁ……」

「むしろナオを呼ばないで誰を呼ぶのって感じね。ナオには悪いけど色々繋がっているだろうし、知り合いもみんな引き連れてこの戦争に来てくれないかしら？」

ナオは夕とも繋がりがあるし、他の上位プレイヤーとも関係は築けているだろう。奴は他の上位プレイヤーと違って、普通にコミュニケーションが取れる。他のソロに近い形で活動しているプレイヤーからしたらありがたい存在のはずだ。

「ナオを味方につけるのは最優先事項として、他のプレイヤーやギルドも集められるだけ集めよう。大義は俺達にあるし、味方になってくれるプレイヤーは多いはずだ」

ＰＫギルドにつくような奴らも中にはいるだろうが、それでも多くは俺達の味方になってくれるはずだ。仮に単体として戦いに勝てなかったとしても、数で乗り切れば戦争自体に勝利することは出来るだろう。

「私は他のギルドを誘ってくるわ。女から声をかけたほうが何かと都合が良いものね」

「そっちは頼む。俺はナオやソロで動いていて強いプレイヤー達をうまく説得してくるよ」

哀しいことに、このゲームをやっている男性プレイヤーはシャイボーイが多い。雅は容姿も優れているので、男を陥落させるなら雅から言った方が話が早いのだ。雅に任せておけばギルドを集めてくれるだろうし、そちらは完全に任せて俺は俺で声をかけていくとしよう。こうして俺達は戦争に勝つため、各々動き出すのだった。

◆

「急にグレンに呼び出されるとは……」

「何か用があるんでしょうか？」

「どうだろうなぁ。この間は結構深刻そうな感じだったけど」

少し前にグレンに会ったときは、なにやら深刻な悩みを抱えている感じだった。雅も同じ感じだったのでゲーム内で何かあったんだとは思うが、そのことで呼び出されたんだろうか。

「自分達でどうにもならなかったら俺を頼るかもって言ってたけど、あいつらで対処出来ないものを俺達が出来るかって言われたら怪しいところだけどな」

「マスターなら何でも出来ますよ！　はい、絶対に出来ます！」

ガッツはルンルンと機嫌良さそうに応えてくれた。信じてくれるのはありがたいが、いつもながら過大評価が過ぎている。

「とりあえず指定された場所に行くとしようか。グレンが困ってるなら助けてやりたいしな」

昔、無償で装備を作ってくれたお礼も満足に出来ていない。何処かで借りを返したいと思っていたし、丁度良い機会だ。

恐らくあまり良い事態にはなっていないだろうし、気を引き締めて指定されたお店に入る。ここはグレンが俺を初めて雅と会わせたお店で、路地の奥にあるせいで人も少なく、落ち着いて話をすることが出来る。

落ち着いた雰囲気の扉を押すと、ギギギと音を立てながら扉が開かれた。

相変わらず店にはプレイヤーはおらず、グレンだけが客席に座っていた。

「おう、急に呼び出して悪かったな。メッセージじゃなくてちゃんと話がしたくてよ」

俺がお店の中に入ると、グレンが入ってきた俺に向けて手を振ってきた。どうやら今回は一人のようだ。

「それで、わざわざここに俺を呼び出してどうしたんだ？」

「あぁ、前に言っていたやつで、俺達だけでは対処出来なくなってな。やはりナオの力を借りたいんだが、力を貸してもらえないだろうか」

俺が席に座ると、すぐに頭を下げてきた。何がどうなっているのかわけも分からないので、グレンから詳しく話を聞くことにした。

「なるほど……。それで仲間になってくれそうなプレイヤーを集めていると、そういうことか」

「その通りだ。ナオの力がなくてはこの問題は対処出来ない。PKに巻き込むのは申し訳ないが、ナオみたいな強いプレイヤーは本当に少ないからな」

「マスターのことをよく分かってますね！　マスターは困った人を見捨てません！　力になりましょう！」

俺の返事はガッツと変わらないが、俺よりも先にガッツが勢いよく返事をした。

「別に俺が力を貸すのは構わないが、多数戦に俺が加わったところで戦力微増だろう。他の奴らを集める算段はついているのか？」

PKの奴らが厄介な強さを持っているのは十二分に分かっている。俺達が倒した奴らはPKギルドの中でも大したことのない奴らだったみたいだし、今回戦うのはそれ以上の強さを誇るのは間違いないだろう。

グレンのギルドが強いのは分かるが、そこに俺が足されたところで大した効果があるとは思えない。

「あぁ、雅が仲間になってくれるギルドを探している。俺はナオみたいな強いプレイヤーに個別に声をかけてるって感じだ」

「なるほど、雅さんが声をかけてるならかなりのギルドが集まりそうだな。グレンは他に誰に声をかけようと思ってるんだ？」

「ソロで強いプレイヤーで、俺が知ってるのは他に三人いるんだ。ナオほどじゃないが、ソロで戦っているのにかなりの実力を持っている」

俺以外に三人集めるだけで、あとは雅さん任せでどうにかなるかと言えば、ちょっと怪しい気がする。グレン達はＰＫギルドの強さを知らないからそこまで大量に集めなくても良いと思っているのかもしれないが、おそらくそれだと足をすくわれることになる。

「俺も知り合いに声をかけてみるよ。グレンの知り合いとはかぶらないだろうしな」

俺の知り合いは本当に個別に動いている奴らだし、グレンとの絡みはないだろう。奴らなら戦力大幅増強と言えるし、戦いを好む傾向にあるから声をかけたら助けてくれるはずだ。夕に関してはあまりそういうのは好まないだろうが、この件に関しては力を貸してくれる。間違いない。

「おぉ！　それは助かる。ナオの知り合いなら間違いないし、仮に俺とかぶる可能性があるプレイヤーでも、自由に声をかけてくれ！」

グレンは俺の手を握り、嬉しそうに手を握った。

「二週間後ってこれまたあまり日がないけど、準備とか大丈夫なのか？　相手側が二週間後を指定したんだろ？」

「あまりのんびりもしていられないし、こればかりは仕方ない。これ以上伸ばしていたらプレイヤーの被害は増える一方だからな」

「それもそうか。それじゃ、俺は他のメンバーにも声をかけるよ。前より知り合いも増えたし、全員参戦してくれれば最強軍団って呼べるのが作れるからな」

確実にこのゲームにおいて最強のメンバーだ。下手したら一人で一ギルドを相手に出来るほどの戦力を兼ね備えているので、俺のスカウト結果が戦争の結果に直結するレベルのものになるかもしれない。

「残りの期間で俺も動くから、悪いけどナオはナオで味方を集めてくれ。ＰＫギルドのやり方には正直かなり腹が立つ。頼む」

「もちろんだ。グレンの力になれるように尽力するよ」

こうして、俺はグレンの力になれるメンバーを集めるため、店を後にした。

◆

「ガッツ、俺は誰を仲間にするでしょう」

「はいはいはいはい!! 僕分かります！」

問いかけると、ガッツは元気よく手を挙げた。

「はい、ガッツくん」

「レイア姉さんです！ あんなに強くて頼りになる人他にいないと思います!!」

「そうだな。確かにレイアは戦いにどん欲だし、こういう時に力になってくれそうだ」

前回一緒に島に冒険に行って親睦を深めることも出来たし、声をかけてみたらあっさり承諾してくれそうだ。ガッツの最推しなので、早速メッセージを送り、近場で落ち合うことになった。相変わらずレイアのフットワークは軽く、十分もせずに俺達の前に姿を現した。

「いやー！　なんだか楽しそうな話があるんでしょ？　狩りなんてやってる場合じゃないよ」

レイアは大剣を肩にかけ、目をキラキラさせている。俺としてはそんなに楽しい話ではないのだけれど、レイアからしたらこの手の話題は楽しい分類のものになるのかもしれない。

「レイアさんの力が必要なんですよ！　ロキと正義って人達が作った悪党集団を全滅させるんです！」

「ほぉ！　思ってた以上に良い話じゃない？　大義はナオ達が持ってるみたいだし、なんだか自分達の領域を守る聖戦って感じがするね」

ガッツの後に俺が補足して説明すると、レイアはうんうんと頷いた。力になってくれるのは確定として、レイアはどうやったら戦いを楽しめるかを考えていそうな雰囲気がある。

「そんなに良いもんじゃないんだけどなぁ。レイアが言うと楽しい戦いにいくみたいに感じるから不思議だ」

底抜けに明るいレイアがいるとマイナス思考に陥ることはなさそうだ。ただ何も考えてないだけかもしれないけど、俺としては助かる。

「正義もロキも相変わらず陰険なことしてるよね。心の底からヒール役って感じだから私としてはより燃えるけど」

「確かに二人ともねじ曲がった感性は持ってるだろうな。そうじゃなかったらこんなことにならないし」

ロキと正義を相手にすることに特に思うことはないようだ。むしろ、意欲を増してくれているようで良い。

「レイア姉さん！　それじゃ、マスターが伝えた場所に集合をお願いしますね！　レイア姉さんがいれば百人力です！」

「任せときなよ。ガッツに尊敬される師匠でいないといけないし」

「はいっ!!　僕も頑張るのでレイア姉さんも見ていてくださいね！」

「ナオも楽しみにしててよ。前より数段階強くなってるからね」

「あれより強くなってるって恐ろしさしかないな……。レイア一人でもなんとか出来そうだな」

「ロキと正義が相手だとさすがに一人じゃ無理かなぁ。あの二人はなんやかんや言いながらもかなり強いし」


　ガッツとレイアの仲が相変わらず良いおかげで、話もあっさりまとまった。レイアに戦争の詳細を伝えた後、俺は次に呼び出したハイパリカムのところへ向かうことにした。


　ハイパリカムが集合場所に指定した場所は、始まりの街からかなり離れた位置にある山の頂上付近にある山小屋だった。強いモンスター達がひしめくなかで、その山小屋は安全地帯らしく、落ち着いて話が出来るようだ。

「随分と辺鄙《へんぴ》な場所を集合場所にしたんですね」

「まぁ、あいつのレベル上げの場所に近いんじゃないか？　周りにいるモンスターも結構高レベルの奴らばかりだしな」

周りにいるモンスターは平均レベル60を超えるものばかりで、普通のプレイヤーがここに来たら瞬殺されること間違いなしだ。

クロとガッツの力を借りながら、俺はレベル上げをしつつ目的地に向かっていた。

「マスター、あの雷はハイパリカムさんじゃないですか？」

ガッツが指さした先には、巨大な雷が空で暴れている。それも、単なる雷ではなく黒い雷だ。以前のダンジョンで見たハイパリカムが扱う雷に違いない。

「本当にこんな場所に山小屋なんてあるんですかね？」

「どっちにしても山の中で大した目印もないし、あの雷の方に向かってみようか」

俺達が登っている山は木々もなく、巨大な岩だらけだ。

近くに山小屋は見えないが、おそらくあの雷の辺りに山小屋があるんだろう。

「クロ、俺達を山小屋まで連れて行ってくれ」

「ぐるぁぁ!!」

ガッツと一緒にクロの背に乗り、いまだ空を暴れまわっている雷のところに向かう。山の頂上を越えたあたりで、雷を放っているハイパリカムを見つけた。ちょうどこの山のボスモンスターらしきものを狩っているところだったらしい。俺達が姿を見たときにはボスモンスターの体を雷が貫き、絶命しているところだ。

「す、すごいですね……」

「いつもながらとんでもないほどの威力だな。あれが味方になってくれれば対人戦でも百人力だ」

雷が収まったところで、俺達はハイパリカムのところに降りる。

どうやらボスは山小屋の近くにいたらしく、ハイパリカムの降りた場所のすぐ近くにあった。朽ちた木で出来ているような小屋で、落ち着いて話せる雰囲気ではないし、あの中で話す必要もないだろう。

「ハイパリカム！　随分派手なことやってんなぁ！」

「おぉ。こんなところまでわざわざ来てもらって悪かったな。ちょっとここのボスを狩り続けてるせいで動けなかったんだ」

ハイパリカムがさっき倒していたボスは、黒い鬼だ。手には紫色のオーラを放つこん棒を持っていた。魔法を使うようなタイプには見えなかったが、あいつからドロップする装備が魔法使いが使える装備になるらしい。

この山にいるモンスターの平均レベルが60程度なので、おそらくボスはレベル70は超えてくるだろう。ここのボスモンスターを狩りまくってようやく作製出来る装備は、恐ろしいほどに強そうだ。

「ここでどれぐらいやり続けてるんだ？」

さっき遠目にハイパリカムの戦いを見た限り、そこまで苦戦しているようには思えなかった。あの調子でずっと狩り続けているのだとしたら、それなりの討伐数に達しているはずなのだ。

「前ダンジョンに行ったのが一週間前ぐらいだったか？　あのあとからずっとだな。討伐数は千匹を優に超えてる」
ボ、ボス周回で四桁を超える大量狩りをしているなんてプレイヤー、いまだ聞いたことすらねぇ……。やはり、ハイパリカムは別格だ。

そもそもさっき倒していたボスも物理型のモンスターだったのに、ハイパリカム単体で戦いを挑んでいたのだ。一人で前線も後衛も出来る万能魔法使いなんて、こいつ以外にいない。

「相変わらずだな……。それじゃ、本題に移らせてもらおう」

ハイパリカムのぶっとんだやり方に驚かされた後、わざわざこんな山まで登ってどうしてハイパリカムと話したかったのか一から説明した。

「なるほど……。確かにあいつらのやりそうなことだ」

「おそらく、俺達に被害はないと思うんだが、他のプレイヤーが散々な目にあってるみたいでな。治安を守りたいとかそんな正義感はないんだが、あまりにもこれが目立つと過疎りそうで嫌なんだよ」

「まぁ、減りはするだろうな」

プレイヤーに攻撃されることが嫌でログインしなくなるプレイヤーもいるだろうし、自分の大事な装備を奪われてやる気がなくなってしまうプレイヤーもこのままだと多く出てくるはずだ。そのことを丁寧に説明していくと、ハイパリカムが強く頷いた。

「分かった。俺ならナオの力にはなれるだろうし、その戦いに力を貸そう」

「よっし！　大規模戦闘になるのは分かってたから、ハイパリカムには絶対に仲間になって欲しかったんだ」

「ハイパリカムさんが味方になってくれるのはすごく心強いです！　僕が盾になるので、一緒に頑張りましょうね！」

「俺は遠くからぶっぱなしたいから、俺の近くまで敵プレイヤーが来るのはやめてほしいけどな。まぁ、押し込まれるようならガッツに俺のボディガードをお願いするよ」

「本当にありがとう。これで、戦力はほぼ整った」

「あとは誰を誘ってるんだ？　レイアは仲間にするとして、夕は誘ったのか？」

「レイアは参加してくれることになってるけど、夕にはこれから説明するんだよ。大義はこちらにあるから、そんなに嫌な顔はされないとは思うけど……」

俺が夕を仲間にしていないことを伝えると、ハイパリカムはすこし眉をひそめ、複雑な表情になった。

「もしかしたら、夕は参加してくれないかもしれない。β時代にいざこざがあったし、ＰＫに対しての嫌悪は人一倍あるだろうからな」

「何があったのかは、夕に聞いた方が良いだろうな」

「勝手に他人の口から話しても仕方ない。ナオの思った通り当人に直接聞いてくれ」

確かに、夕の噂で数十人のプレイヤーを一人で相手にしたことなどから、バグモーションなんて異名がついているって話は聞いたことがある。当時も大規模な戦いがあったんだろうし、夕の心情が許すなら参戦してもらうことにしよう。とにかく、本人にこの話を一度ぶつけてみないとどう転がるかも分からない。話すら持ちかけずに諦めることはないだろう。

「夕には声をかけてみる。戦いの時に顔を出してもらえるように頑張って交渉してみるさ」

「俺はナオが仲間を集めてる間にさらに強くなっておくよ。戦いが始まる前には装備も整っているだろうし、前とは格の違う強さになってるだろうさ」

　こうして俺はハイパリカムを味方に引き込むことに成功した。ただ、レイアにしてもハイパリカムにしても少し目を離したすきに恐ろしいほどに強くなっている。おそらく夕だって俺がこうして交渉している間にも強くなっているはずだ。

　早く味方に引き込んで、俺も戦いまでに強くならなくてはいけない。

　ハイパリカムを味方に引き込んだので、俺はクロに乗って山を後にした。仲間に引き込まなければいけないプレイヤーは、残り夕のみだ。


　後日、俺が夕と初めて遭遇した湖に来ていた。

「ぐるぁ！」

「なつかしいよなぁ。ここでリヴァイアサンと戦ったのは記憶に新しい」

　当然だが、それは夕を味方に引き入れるためだ。俺は初めて夕と会ったこの場所で、深い話を聞こうと思っている。夕は何について話があるのか全く予想もしていないだろうし、夕の意表をつくことになるが、誘った場所に来てもらえないのでは話も始まらないし仕方ない。

　話をするなら人気もなく、落ち着いたこの場所のこの湖だと決めて夕を呼び出している。

「ナオ。こんなところに呼び出してどうしたの」

　クロと辺りの景色を懐かしんでいると、後ろから夕の凛とした声が聞こえてきた。振り返ると、俺は驚かされることになった。

「前とはだいぶ装備が変わってるな……。かなり強そうだ」

「ふふっ。装備を作っているうちに面白い派生スキルが手に入ったの。そのスキルで改造した装備が強いから、こんな感じに……」

夕の見た目は相変わらず軽装だが、藍色で深みのあるものを身に纏っている。それだけなら普通の装備だが、夕の身に纏っているものは金色の文字が刻まれており、それが怪しく輝いている。それに、装備自体が淡く発光していた。これは、RMTギルドの連中がやっていた大量に強化することで得られる恩恵とは違った光り方だ。おそらく、夕のスキルによるものだろう。武器も藍色のレイピアに変わっており、これも金色の文字が刻み込まれていた。当然ながら、武器も赤く光っている。夕の装備はそれ自体が強いのもあるが、ここまで装備を強化したら以前とは確実に別物の強さになっているだろう。

レイアとハイパリカムも戦いまでに超強化されてくるだろうが、夕に関していえばすでに強化済のようだ。

「俺も素材さえ集めたら作ってもらえるか？」

「うん、ナオは特別に作ってあげる。新スキルを使えるのは結構難易度の高いダンジョンから取れる素材を要求されるけど、ナオならなんとかなると思う。今の武器を強化したらかなり良いものが出来る」

「この後早速行ってくるとするよ。夕に装備を作って貰うと、その後の狩りが段違いに簡単になるからなぁ」

「ナオの装備は新しい素材があれば全部改造出来るけど、前作ってあげた武器なんかは面白い強化のされ方になりそうだね」

それなら、まずは武器の素材を入手して夕に改造してもらうとしよう。戦いまでにはそこまで期間もないし、全装備を改造する素材を手に入れるのは難しくても、一つぐらいならなんとかなるはずだ。

「それで、話ならメッセージでも良かったのにどうしてこんな場所に呼んだの？」

装備のことでしばらく話を聞いていた俺だったが、夕の方から本題について聞いてくれた。あまりにも話に夢中になっていたせいで、本題を話すことを完全に忘れてた……。

装備の強化についてもだが、気になることが多すぎたのだ。

ただ、夕の言う通りいつまでものんびり話しているわけにもいかないので、俺は今日呼び出した目的を率直に伝えることにした。

正義達が暴れていること、多くのプレイヤーがその餌食になっていることを話していくと、夕の顔がどんどん険しくなっていく。

「それで、ナオは私にどうして欲しいの？」

「夕には俺達と一緒に正義と戦ってほしいと思っている。このままだと、せっかくのゲームがぶち壊されてしまうからな」

「むぅ……」

夕は少し悩んでいるようだった。ハイパリカムから事前に情報を貰っていなければ、どうして夕が悩んでいるのか全く理解出来なかっただろう。先にハイパリカムに話を持って行って本当に良かった。

「昔、何かあったって噂は聞いてるんだが、それが原因か？」

「話は知ってたんだ……。うん、β最終日にいろんなプレイヤーに狙われたの。最強プレイヤーを倒すぞーって感じでね」

正式版になるとデータが飛んでしまうので、それまでに自分達で最強を陥落させたい、なんて思ったプレイヤー達が身勝手に夕を襲ったってことか。何もしていないのに大量のプレイヤーに襲われたなんてさぞかし怖かっただろう。ＰＫに対して負のイメージが強くなるのも分かる。

「それは随分だったな。誰が夕のことを襲ったのかまでは知らないが、その様子だと相当ひどかったんだろ？」

ただじゃれて襲いかかったのだったら、夕はここまで極端な反応になるわけがない。トラウマに残るレベルのものなんだろう。

「うん、すごい数のプレイヤーから襲いかかられてひどかった……。逃げても逃げても追いかけてくるから、全部倒すことにしたんだけどね」

「お、おう……。ちなみに、誰が攻撃してきたんだ？」

逃げてもダメだったら普通はログアウトするなり街に逃げ込むなりすると思うんだが、それで相手を全て倒してしまうのはさすが夕だ。

「ナオが知ってるところだと、正義とロキのギルドが先導してたの。多分本人達としてはβ時代最後におもしろおかしくやってたんだと思うんだけど、正直嫌なイメージしかない」

「えぇ……。あいつらそんなことしてたのか」

夕にトラウマを植え付けるほどのことをしてきた奴らに、夕をぶつけるのは心情的には進まない。

ただ、このまま夕があいつらに対してトラウマを抱えているっていうのも嫌だな。

「その時、夕は一人で戦ったんだよな？」

「そうだけど、それがどうしたの？」

やはり噂通りＰＫには一人で戦ったらしい。夕はもともと一人でやっていたみたいだし、わざわざ最終日にトラブルに巻き込まれたいプレイヤーもいなかっただろう。正式サービスで目を付けられる可能性もあるわけだし、ＰＫ集団を相手に見ず知らずの女の子を助ける気概のあるプレイヤーがいないのは不思議じゃない。

「夕がどんな目に遭ったのか想像も出来ないが、当時の夕みたいな目に遭ってる奴らがたくさんいるんだ。そいつらは、夕みたいに力があるわけじゃないしただやられることしか出来てないんだ」

「それは……」

夕は当時自分がやられていたことを思い出したのか顔を顰める。自分が当時何をされたのかを思い出し、その被害にあっているプレイヤーがいるのは心情的に良くないはずだ。あまり良い説得の仕方ではないが、夕から聞いた背景を聞くと、こんなやり方でもしないと味方に引き込めるとは思えなかった。

「夕の力が必要なんだ。気が進まないのは分かるが、被害にあってるプレイヤーのためにも、頼む」

「むぅ……。正面からそうやって頼まれると……」

この問題に対しては手伝いという立場ではあるが、対処したいという気持ちは本心からのものだ。

夕に頭を下げて頼むと、少し困ったように頬をかいた。

「この戦いに勝てばロキと正義が今後プレイヤーをＰＫするのを止められるんだ。大多数戦になるし、夕の力が絶対に必要になる」

「仕方ない……。βの時のことは忘れて、今度はゲームのために私も戦う」

「ありがとう！　この件に関しては夕の力を借りちゃいけないんだが、ありがたく力を頂戴する」

「うん、β時代に正義とロキを退治したとはいえ、あの時から私の気持ちは進んでなかったの。これを機会に、乗り越える」

「おう。βの壁を越えられるように夕も一緒に頑張ろう」

夕は実力的にはＰＫ集団を倒しているので、結果としては乗り越えているが、精神的にはあの一件を越えることが出来ていない。夕には一緒に戦える仲間がいると分かれば、夕も一枚壁を越えることになるだろう。別に狙って夕のトラウマを払拭出来るなんて思い上がりはないが、解決出来るにこしたことはない。

夕の味方として、俺も精一杯戦おうと心に固く誓った。

第５章
ただ勝つために

夕の参戦も決まったので、俺は夕に装備の素材がどこで入手出来るのか教えてもらいダンジョン攻略に向かうことにした。俺の武器は最近作ってもらったばかりだが、これよりさらに上の段階に出来るならやってもらうしかないだろう。

「マスター、今回は僕達だけで行くんですか？」

「他の奴らも自分達だけで強くなってるんだし、俺達も他の奴らに頼ってばかりはいられないからな。特に夕には今回世話になるわけだし、素材ぐらい自分達で集めないとあまりにも情けない」

「それじゃ、いっぱい戦えますね！　楽しみです！」

ガッツは自分がたくさん戦えることがよほど嬉しいらしい。目をキラキラさせて、楽し気な表情を浮かべている。夕に教えてもらったダンジョンは、話を聞く限りでは信じられないほど高難易度だった。

あの夕ですら、かなり苦戦を強いられたらしい。

大量のモンスターが一気に襲いかかってくるようなので、戦争への予行練習にはもってこいだ。誰にも頼れない状態を作り出し、それを乗り越えられたなら戦争でも確実に活きる経験となるだろう。

「クロ、ガッツ。今回は本当に厳しい戦いになる。絶対に油断するなよ」

「はい!!」

「ぐるぁぁ!!」

ダンジョンの場所は始まりの街を南西にいった場所にある。そこにあるのは圧倒的に巨大な塔だ。階層は百に分かれており、一つの階層には百匹近くのモンスターが生息している。

上の階層に上がるためには、階層にいる全てのモンスターを倒す必要があり、それによって上へと上がる階段が現れるようだ。

夕が俺に勧めてきた素材は、百階層全て攻略することで手に入れられるものらしい。ちなみに、百階層全てクリアしても一つの装備にしか金色の文字は刻めないようだ。

つまり、夕は全身に金色の文字をつけていたので少なくとも五回は塔を完全攻略したことになる。

夕がダンジョンを周回しているのに、俺は一度もクリア出来なかったなんて情けない報告をするわけにはいかない。

クロに乗り、夕に教えてもらった塔を目指していると、しばらくしてそれは見えてきた。いや、本来なら遠くにあっても天まで届くような塔が見えないわけがない。おそらく遠くにいるプレイヤーには見えないように仕掛けが施されているんだろう。

「すごいです！　上が見えないぐらい高いです！」

「クロに乗って上から突入なんて裏技は許されないだろうしなぁ。このダンジョンを一階層ずつ潰していくのは骨が折れそうだ」

途中でセーブする場所なんて用意されていないので、死ぬかクリアするかの二択しかない。

「ぐるぁ！」

「乗り込もうって言ってます。どんなモンスターがいるのか楽しみです」

塔の扉は閉じている。塔の大きさにあったサイズの扉らしく、高さ五メートルを超えるようなサイズだ。とてもじゃないが、プレイヤーのために用意されたものには思えない。

クロ達と一緒に塔の目の前に立つ。改めて上を見上げてみても、やはりどこまで続いているのか分からないほどに高い。

これを全て攻略してようやくアイテム一つゲット出来るだけと考えると気が遠くなりそうだ。

「よし、乗り込むぞ。全員で押し込むんだ」

扉の前に立っても微動だにしなかったので、俺達は全員で石で出来た塔の扉を押す。

三人で力を合わせて扉を押すと、ゴゴゴと音を立てながら塔へ入ることが出来た。

「これ、結構パワーないと駄目だったな」

「すごく重かったです。入場するにも強くないと駄目なんて厳しい場所ですね」

一定値の筋力がないと扉を開けられない仕様になっているらしい。本来はもっと大人数で扉を押すことで開かせるんだろうが、俺達は三人で開けるしかなかったので、負荷は通常の数倍だ。重くなってしまうのも無理はない。

こうして扉を開いた俺達の前に姿を現したダンジョンの中は衝撃的だった。

「多すぎだろ……」

「いっぱいです！　いっぱいいます！」

「ぐるぁ！」

クロとガッツの反応から察する通り、目の前にはモンスターの大群がひしめいている。

ダンジョンは大きな広間になっており、通路もなければ小部屋もない。中に入ったら最後、あたりにいるモンスターの総攻撃を受けることになるのは必至だろう。

もはやダンジョンというよりも、モンスター部屋と呼ぶのが正確な表現に思えた。

「中にいるモンスターは……強いな」

モンスターは種族もかなり幅があり、魔法系のモンスターから物理型のモンスター、罠を仕掛けてくるタイプのモンスターまでよりどりみどりだ。

レベルも高く、低い物でも30を超えている。

これが第一階層というのだから驚きだ。ここから階層を上がるにつれて強くなっていくと考えると、恐ろしいものがある。

しかし、いつまでもダンジョンの外から眺めていても何も始まらない。クロとガッツもダンジョンに突っ込みたくてウズウズしているので、好きに暴れてもらうことにした。

モンスターがこれだけいて、地形を生かすことも出来ないのであれば戦略も何もあったものではない。真正面から殲滅するしか方法はないのだ。

「真正面から打ち破れ!!」

「はい!」

「ぐるぁぁぁぁ!」

俺達三人が勢いよくダンジョンの中に侵入すると、辺りにいたモンスター達がギロリと俺達のことを睨みつけた。

ただ、あくまでここは第一階層でモンスターのレベルも三十程度だ。

たしかに迫力はあるが、まだ恐れる必要はない。クロは部屋の中心に飛び込んでいくと、黒球爆炎を発動させて近づいてきたモンスターを一気に弾き飛ばす。

「「グァァァ!!?」」

「うぉ。経験値の入り方すげぇな……。第一階層でこれなら第百階層クリアしたころにはすごいことになってるぞ」

クロの一撃の巻き添えをくらったモンスターは数十匹。そのすべてが一撃のもとに屠られたようだ。レベル三十程度のモンスターとはいえ、ちりつもだ。

「クロ先輩には僕も負けませんよ！　範囲スキルはなくても手数で勝負しますっ！」

クロに負けじと、ガッツもモンスターの群れに飛び込んでいく。これまでの経験で上達した格闘術を駆使して、瞬く間にモンスターを蹴散らしていく。

さすがにレベルも違うこともあり、百匹近くいたモンスターはあっという間にいなくなった。

モンスター部屋と化していたダンジョンがただの広間に変わる。そして、部屋の中央に上の階層へと続く階段が現れた。下からは上の階層がどうなっているのか様子を窺うことは出来ない。何か仕掛けが施されているようだ。

「本当に真っ向勝負しか許さないダンジョンだな。戦略もくそもねぇ……」

上の階層の様子が分かればそれに応じた準備も出来るかもしれないが、それすら許してくれないようだ。

「しばらくはモンスター部屋の攻略なんだろうな。流れが変わるまでは一気に駆け上がるぞ」

「はい！　部屋のお掃除部隊として働きますよ！」

「ぐるぁ！」

「思う存分暴れてくれ。今日に限っては二人以外に戦える奴はいない」

「最近は周りに強い人が多いせいであまり頑張れませんでしたからね！　今日は全開でいけそうです！」

「それは悪かったよ。でも、ああでもしないとクリア出来るダンジョンじゃなかったからな」

クロもガッツもちゃんと戦えなかったことにフラストレーションを抱えていたようだが、今日は思う存分発散させることが出来るだろう。俺達は階段を上がり、次の階層攻略へと進んだ。

◆

「結構上まで上がってきたな。だいぶモンスターも強くなってきたし、下手にダメージを受けないように注意してくれ」

俺達はようやく六十階層まで到達した。モンスターの平均レベルは五十まで上がっており、一匹一匹の強さもけた違いだ。動きを止めて攻撃をまともにくらい始めたら簡単にやられるような強さになっている。

俺達は速さを活かしながらダンジョンを駆け上がってきたおかげでなんとかなっているので、このまま立ち止まらず全階層制覇を目指す。

「分かりました。モンスターの種類も変わってきてるので、注意します」

「あぁ、魔法もえげつなくなってきてる」

五十階層から、モンスターの群れに悪魔が混ざるようになっている。悪魔は黒い翼を羽ばたかせ、深紅の目で俺達にえげつない遠距離攻撃を放ってくる。他のモンスターに比べて攻撃力も高く、回避しにくい攻撃なので注意が必要だった。このまま悪魔の比率が増えていけば、苦戦は必至だ。

「我らの巣窟に足を踏み入れたことを後悔するがいい」

「こいつらしゃべるんだよなぁ。しかもすごい上から話しかけてくるし」

他のモンスター達は言語をしゃべらず、叫び声をあげるだけだが、悪魔は違う。俺達のことを煽りながら攻撃してくるのだ。まだ十四に一匹混ざっている程度だが、これ以上数は増えてほしくない。

「クロ、ガッツ。最初に悪魔どもを討つぞ。他の雑魚を狩っている間にあいつらの攻撃に注意を割きたくない」

「はい！　飛ばれちゃうと僕じゃどうしようもないですけど、地上にいるのはなんとかします！」

「ぐるぁ！」

悪魔が厄介なのは、空を自由に飛び回ってどの位置からでも奴らの射程圏内に俺達が収まっていることだ。ダンジョンは一階層の高さが十メートル近くあり、高さがそこそこあるせいで適当に攻撃をしているだけでは奴らにダメージを与えられないのだ。ガッツは射程の狭い攻撃しかもっていないので、基本的に悪魔を相手に出来るのは俺の遠距離攻撃か、クロだ。

「我らの攻撃、かわしてみよ！」

「やってやるよ！　お前達をのんびり相手にしてる時間もないんでな！」

俺が挑発すると、近くにいた悪魔達がぞろぞろと俺の前に現れた。数はおおよそ五匹だ。

クロの方を見てみると、悪魔を五匹相手にしているので、この階層の悪魔全てを相手に出来ているようだ。

「『デビルレーザー‼』」

「あっ！　れ、連射は反則だろ‼」

悪魔達は同時に目から赤いレーザーを発射する。発動する瞬間に目が光るという予備動作があるので、なんとかその場から離脱して事なきを得たが今のはかなり危なかった。

あのレーザーは一撃喰らうとＨＰを二割近く持っていかれるのだ。今の連射が直撃するだけで俺は死ねる。

「ガッツ！　地上に引き連れるから一緒に倒してくれ！」

「わっかりました！　いつ飛び込んできてもらっても大丈夫です！」

空にいる悪魔のことは完全に諦め、地上にいるモンスターを無双していたガッツから了承の声が聞こえてきた。

悪魔は目からレーザーを放ってくるが、クールタイムはそれなりにあるようで連射で撃ってくることはない。他の攻撃手段は豊富に持っているようだが、どれも近距離攻撃のものばかりだ。俺が悪魔達から逃げれば、追いかけてくるのは間違いない。ガッツのところに飛び込めば二人で五匹を倒すだけでＯＫだ。

クロは五匹の悪魔を相手にしても問題ないだろうし、俺とガッツでサクッと悪魔を倒して、残りの雑魚どもを一掃しよう。

「やはり人間。逃げるしか能がない」

「我ら高尚なる存在にひれ伏せ。許してやっても良い」

悪魔達は俺が逃げたことで、口元をニヤつかせながら追いかけてくる。奴らからしたら、恐れをなして逃げたように見えているんだろう。

俺が逃げたその先にいるのは近接戦最強格のガッツだ。

「メテオスパァァァイク！！！」

モンスターの群れを抜け、ようやく俺に追いついたと思った悪魔達が強烈な一撃に見舞われる。直撃を喰らった悪魔はガッツの強烈な一撃に全てのＨＰを持っていかれ、一瞬で消滅した。

「なっ!!?」

味方が一撃で消滅したことに悪魔達は驚きの目を向ける。

「残り四匹か。ビームを使えないうえに、ガッツもいるんじゃ余裕だな」

さっきまでの余裕もなくなったようなので、ガッツと連携して悪魔達をしばきあげる。

悪魔達はまともに対応することも出来ず、消滅していった。

道中大幅にレベルも上がっているおかげで、新スキルも新たに獲得することが出来ている。

ダンジョンを上る前と比べて、俺達全員かなり強化されている。

「こいつら経験値はうまいんだよな。もうレベルも52になったし」

「たくさんレベルも上がりましたね！　僕も色々スキルを覚えられたので嬉しいです」

これまで色んなダンジョンを攻略してきたが、ここまで大量のモンスターを狩ることなんて一度もなかった。一階層につき百匹倒しているので、すでに六千匹を相手取っていることになる。

「雑魚はこれで一掃してやる。さぁ、消し飛べ!!」

悪魔を倒し切ったので、俺は広範囲を巻き込める新スキル、サモンバーストを発動させる。これは召喚している召喚獣の攻撃力分、周囲のモンスターにダメージを与える爆破スキルだ。十メートル近い範囲を巻き込み、空の敵にもダメージを与えられる。

普通のサモナーなら大した効果はないかもしれないが、俺の召喚獣はクロとガッツだ。

あの二人の能力を考えれば、俺が獲得したスキルといかに相性が良いのか分かる。

周りには大量のモンスターがいるのに、俺の周りの空間だけ穴が開いたように一切のモンスターがいない。

「マスター、すごいです！　僕もそんな風にいっぱい倒せるスキルが欲しいです！」

「ガッツは単体に強いんだからいいじゃないか」

ガッツが覚えるスキルは相変わらず一匹に大ダメージを与えるものばかりだ。対ボス戦には良いが、普段の狩りのことを考えると考えものな獲得スキルだ。

「ぐるぁ!!」

「クロもいつの間にか悪魔を倒してるな。さすが、強化されてるだけはある」

クロもこのダンジョンで強化されたことで、新スキルを獲得している。一人で悪魔五匹はさすがに押し付けすぎかと思ったが、なんなく突破してくれたようだ。

こうなってしまえば、残りのモンスターなど敵ではない。

俺達はそのまま雑魚を狩りつくし、六十階層を突破した。

「お、レベル上がったな」

「全員上がりましたね！」

六十階層のモンスターを全て倒したところで、レベルアップの通知が流れてきた。

久々に、三人のレベルアップが同タイミングで起こったようだ。

名前：ナオ
種族：人族
職業：魔術召喚士
レベル：５７
ＨＰ：１９００／１９００
ＭＰ：８６０／８６０
筋力：９２〈＋９８〉
知性：５８〈＋２８〉
敏捷：１３７〈＋６０〉
器用：３３
幸運：１０〈＋１００〉

固有スキル：クロ〈疾風迅雷〉　ガッツ〈乖離二式〉
スキル：召喚術　索敵Ｌｖ８　透過Ｌｖ８　縮地Ｌｖ１０　忍び足Ｌｖ６　柔剣術Ｌｖ１０
剣術Ｌｖ１０　ペインスラッシュＬｖ１０　ガードクラッシュＬｖ８　剛拳Ｌｖ１０
魔性Ｌｖ１０　瞬Ｌｖ１０　創造Ｌｖ１０　天賦Ｌｖ１０　サモンバスターＬｖ１
デスサモンＬｖ１

派生スキル：怪力Ｌｖ３　大賢者Ｌｖ３　ソニックＬｖ３　必中Ｌｖ２　極運Ｌｖ２
業火《クリムゾン》・地獄斬り《ヘルダンス》Ｌｖ３　烈火《フレア》・槍月《ロンギヌス》Ｌｖ３
ボーナス：物理耐性〈小〉　魔法耐性〈小〉
ステータスポイント：０　スキルポイント：８

武器は強化していないし、これから夕に改造してもらってさらに強くなるのを控えている。クロやガッツにステータスこそ及ばないが、十二分に強いと言い切れる。

名前『クロ』
種族：エンシエントブラックドラゴン
レアリティ：☆７
レベル：５７

HP：2930／2930
MP：1990／1990
筋力：197〈+96〉
知性：167〈+32〉
敏捷：270〈+12〉
器用：72
幸運：45
スキル：ブラックバーストLv10　金剛Lv9　剛拳Lv8　疾風迅雷Lv9　黒球爆炎Lv9
瞬Lv8　ボルテックススラッシュLv8　デモニック・フレイムLv6　電光石火Lv6
D―フレアLv4　ナイト・オブ・ドラゴンLv1
ボーナス：ステータス成長補正〈極大〉　メガフレア〈未開放〉　ディアブロクラッシュ
攻撃力増加〈中〉　攻撃速度増加〈中〉

名前：『ガッツ』
種族：ヘーミテオス（少年期）
レアリティ：☆7
レベル：42
HP：2330／2330

ＭＰ：０／０
筋力：１３３　〈＋１００〉
知性：０００００
敏捷：１８８　〈＋４５〉
器用：７６
幸運：００００
スキル：乖離一式　乖離二式　フィストスパイクＬｖ５　メテオスパイクＬｖ３
ブレイクスパイクＬｖ２　デッドスパイクＬｖ２　マルチインパクトＬｖ１
リジェクトディフェンスＬｖ１
ボーナス：魔法遮断《マジックキャンセラー》　〈未開放〉　〈未開放〉　タイムレスシンボル　攻撃力超強化

新装備の効果もあって、ガッツのＨＰはすでに俺を圧倒的に上回っている。これで装備を強化していないというのだから驚きだ。ロキ達と戦う前に、俺の装備だけでなく、ガッツの装備も強化しておいたほうが良いだろう。

単純な戦闘でガッツが負けるのは想像出来ないが、ＰＫ集団のことだし、どんな手段を使ってくるのか分かったものじゃない。

「ガッツのボーナススキルも一つぐらい開放したいんだけどな。手がかりが全くないのも困ったものだ」

前回クロのボーナススキル獲得の手がかりを教えてくれたセージに、ガッツのボーナススキル開放の手がかりについて聞いたことはあったが、見当すらつかないと悔しそうな顔をしていた。

セージが分からないならおそらくこのゲームで分かる奴はいないので、ガッツのボーナススキル取得は諦めざるを得なかった。

「僕はボーナススキルがなくても頑張りますよ！　次の戦いでも絶対にマスターの力になってみせます」

「十分力にはなってくれてるよ。ただ、次の戦いは普通のモンスターを相手にするのとわけが違うからな」

「はい！　前回戦って分かりましたが、絶対に油断はしません」

「それなら良いよ。さぁ、あと三十五階層あるんだし、先を急ごう。ここはセーブも出来なければ途中離脱も許されないんだからな」

ダンジョンを一回制覇するのに数時間はかかる。敵も強くなってきていることだし、集中力が切れる前になんとしても最上階まで登り切りたい。

「ぐるぁ！」

「ん？」

俺が階段を上ろうとした時、クロが上の階層を見たまま大きく鳴いた。

階段の先は今までと変わらず、上の階層を覗き見ることは出来なくなっている。

ただ、クロは明らかに上の階層から何かを感じ取っているようだ。

「上の階層から今までとは違う力を感じます。今までよりも強いモンスターがいるってクロ先輩が言ってます」

「六十階層を超えてついに敵も大幅にパワーアップしてきたってことか。さっきからこっちは一撃で向こうを落としてたし、ちょっとぬるさは感じてたんだ」

いくら攻撃力が高くても、こっちの攻撃を一発喰らっただけで死ぬような奴らなら対処の方法はそれなりにある。これが、数が多いにも関わらず倒すのに二発、もしくは三発必要になってくると今までの比じゃないほどの苦戦を強いられることになる。

クロの忠告を受け、俺達は気を引き締めて上の階層へと上がった。

「「グゥアアアアアアア！！！」」

「うそだろ……」

俺達が六十六階層に上がると、そこは信じたくない光景が広がっていた。

階層を上がるにつれて徐々に数を増やしていた悪魔だったが、この階層には見渡す限り悪魔しかいない。それも、今まで見てきた悪魔は一種類だったが、この階層の悪魔は種類に富んでいる。今までは武器を持っているような悪魔はいなかったが、この階層の悪魔は槍、剣、杖、斧など、様々なものを所持している。身体の形態もばらつきがあり、それぞれに個性がありそうだ。

「さすが悪魔の数字。ここからはレベルが違うってわけか」

「ここからが本番だ。ここまで登ってきたことは褒めてやるが、ここでお前達の命運は尽きる」

悪魔のうちの一人がニヤリと笑いながら厭らしく言葉を漏らした。

「悪魔百体を相手にするのは骨が折れそうだ」

「カカカッ！　骨が折れるのではなく、今から身も全て灰になるのだ。我らを相手にして勝てるわけがなかろう」

「そいつはやってみなきゃ分からないぞ。クロ、メガフレアはここでは使うなよ」

「ぐるぁ」

この階層から苦戦するのは間違いないだろうが、一日一発しか使えないメガフレアをこんなところで使うわけにはいかない。使ったとしても最終階層付近まで上がって、どうしようもない状況になってからだ。

「戦闘開始だ！　全員展開しろ!!」

悪魔達とこれ以上話していることもない。

俺達は三点に散り、それぞれが悪魔の相手をする。一応悪魔達はグループになっている。

ガッツの相手は魔法系が強そうな悪魔、クロは敏捷が高そうな悪魔、俺はやたらと巨大な武器を持った悪魔のグループと対峙することになった。

「そんなでかい武器で俺に攻撃が当たると思うなよ」

敏捷を上昇させる乖離二式、疾風迅雷を発動させ、自身の敏捷値を最大値までもっていく。

「我らの武器がでかいだけで動きが遅いと思われるのは心外だ！　お前を木っ端みじんにしてやろう！」

目の前にいる、巨大な斧を持った悪魔が高笑いしながら斧を振り回す。

斧が風を切り、数メートルは離れている俺のところまで風が吹き付けた。確かに巨大な武器の割には大した速度だが、今まで受けてきた攻撃に比べれば大したものではない。

「「お前達、行くぞぉぉぉ！！！」」

悪魔が号令をかけると、近くにいた悪魔達が一斉に俺に向かって飛び掛かってくる。武器が巨大なこともあって、辺り一面を埋め尽くすような波状攻撃だ。

「そんなことしてきたって無駄だ！　ただの物理攻撃が俺に通用すると思うなよ！」

久々に柔剣術を発動させ、攻撃を全て受け流す。

「ほぉ！　人間のくせにやるではないか」

最小限の動きで全ての攻撃をさばききると、悪魔に感心された。

「守りが優れてるわけじゃないからな？　今度はこっちの番だ」

超重烈火《グラビトンフレイム》を発動させると、空から現れた巨大な炎塊が悪魔達を襲う。

「ばかなっ⁉　こんな狭い場所で超範囲魔法を使う阿呆がいるか‼」

狭い範囲に巨大な炎。一切の逃げ場がない攻撃に、悪魔達は巻き込まれ消えていく。

ただ、それでも全滅させることは出来ずに、四匹が俺の攻撃を受けてなお立ち上がってきた。

「今の攻撃を耐えきれるとは思わなかったぞ」

「くっ。まさか人間がこんな強力な魔法を使えるとはな……。我ら悪魔が頑丈とはいえ、あの攻撃を直撃して耐えられるのは限られる」

そりゃ、そうだろう。あのスキルは強力な武器についている限定スキルだ。大してレベルの差もないモブモンスターに簡単に耐えられたらたまったもんじゃない。

「まだまだこれからだ」

残っている悪魔達も、俺の攻撃を受けたことで大ダメージを受けている。後手にまわらず、このまま攻め切る。

「悪魔の神髄は、魔の力にある!!」

「「グォォォォォッ!!!!」」

俺が攻撃に転じようとすると、悪魔達が大声をあげて武器をかかげる。すると、悪魔達の武器に黒い靄がかかった。

「マスター、それ大丈夫なんですか!!」

「悪魔結晶が発するものに近いな。俺は問題ないから自分の方に集中しろ」

これまで散々てこずらせてくれた悪魔結晶と同類のものにしか見えない。間違いなく悪魔達、もしくは武器が強化されているのは間違いないだろう。

複数体にあの力が付与されるのは厄介極まりない。悪魔達は巨大な武器を振り、俺に攻撃をしかけてくる。

「「デビルスクエア!!」」

悪魔達は俺を囲むように四方に広がり、スキルを発動させる。武器の靄が悪魔達の武器を繋ぎ、俺を囲む四角形の靄が形成された。

「なんだこれ？　拘束でもないようだが」

黒い靄は悪魔達の武器を繋いでいるだけで、特に何かが起きるわけでもない。てっきり急に狭まって俺のことを拘束でもしてくるのかと思ったが、違うようだ。

攻撃でもなく拘束でもないので、この靄の効果が全く見えてこない。

「ククク ッ。これが我らの奥義よ。数が多ければもっと効力を発揮出来るが、人間一人やる程度なら四人で十分だ」

「ククク ッ」

悪魔達の武器から出ていた靄が濃くなっていく。

このまま動かずに応戦していたらろくな目に合いそうにないので、その場から避難しようとしたが、脚が地面から離れない。

地面を見てみると、うっすらと黒い靄が足元を覆っている。

「一歩も動けまい。お前は今からこの場で我々にいたぶられるのだ」

「くそっ。武器を伝っている靄はみせかけかよ」

武器を覆っている靄に集中していたせいで、足元を見落としていた。油断していたつもりはなかったが、次の手を考えないといけない。

ただこの場から動けなくなっただけで、俺が攻撃出来ないわけではない。

「ここからは我らのターンだ。くらえっっ!!」

悪魔達が巨大な武器を振りかざすと、黒い靄が俺の方に放たれる。

「迎撃してやるっ！」

四方から放たれているので、360度全ての方向に攻撃を放つ。

ただ、そのためのスキルを俺は今所持していない。

クロの黒球爆炎を取得し、辺りを吹き飛ばす。この攻撃は俺を中心に球体状に爆破攻撃を与えるものだ。地形ごと破壊するような威力を持っており、攻撃スキルではあるものの、迎撃スキルとしても活用出来る。

俺は爆破を黒い靄にぶつけると、爆破と靄が激しくぶつかって相殺された。

地面が削られているせいか、靄による束縛もなくなっているので、その場から離脱する。

「あと一歩で俺にダメージを与えられたが、残念だったな」

また拘束されたら厄介なので、俺は悪魔達を一匹ずつ処理し、やっとの思いで悪魔を全て討伐することが出来た。

「結構やばかった……。これ、上の階層しゃれにならないかもしれん……」

自分の担当分の悪魔を倒して一息ついたところでクロとガッツを見てみると、二人とも丁度悪魔を倒し切ったところだった。

少してこずったようで、二人は微妙にＨＰが削られていた。

「急に強くなりましたね！　楽しかったです！」

「ぐるぁ！」

ただ、二人は相当戦いを楽しめたようで、満面の笑みで俺のところに戻ってきた。

「二人共お疲れさま。かなり負担の大きな戦いだったけど、全員無事で良かったよ」

経験値もかなり稼ぐことが出来た。これからこんな難易度の階層が続くなら、攻略は大変になるが相当なレベルアップが見込めそうだ。

「次の階層も楽しいといいですね！　あと三十階層近くあると思うと楽しみです！」

「俺としては次の階層で終わりぐらいでちょうど良いんだけどな……」

「マスターが疲れたらその分僕達が頑張りますよ！　本当はマスターを戦わせるなんてダメな召喚獣なんですけど、お許しください」

「本当に見てるだけになるのはさすがにダメでしょ……。ガッツが頑張ってくれるのは嬉しいけどな」

ガッツの言う通りにやっていたら俺は後ろからただ見ているだけの人になってしまいそうだ。クロもガッツも俺のことを甘やかそうとしてくるので、それに甘んじないように注意しないといけない。流されていたらいつの間にかいらない子になっている未来が見える。

「さぁ、上に行こう。まだ突破しなきゃいけない階層は山のようにある」

「はい！」

「ぐるぁ!!」

おそらく六十六階層よりも厳しい戦いになるのは間違いないだろう。クロとガッツを従え、俺は上の階層へ上がった。

◆

「やっとここまで来たか……」

「さすがに長くなっちゃいましたね。でも、もう少しで終わりです」

俺達は苦労の末、ようやく九十八層まで攻略することが出来た。六十六階層から全てのモンスターが悪魔になり、中にボスクラスのモンスターが当然のように混ざるようになったりと散々苦労させられたが、なんとか全て突破してきた。

「九十階層からは本当にひどかった。ボスが多すぎる」

「一階層にボス十体はびっくりでしたね。しかもレベルも70近くありましたし」

九十階層からはボスの量が露骨に増えたが、九十六階層からは全体のモンスター数が一気に減り、ボスモンスターのみと戦う方式に変わった。

九十六階層は五体、九十七階層は四体と徐々に数が減っていくが、その分一体一体が強力になっている。このままの流れで行くなら九十九階層はボスモンスターを二体相手にすることになるだろう。数的有利はとれているが、どうなるか楽しみだ。

「アイテムもいっぱいですね！　嬉しいです」

ボスモンスター達はドロップアイテムもレアリティの高いものを落としており、それを使えばそれなりの装備が作れそうではある。最終階層のアイテムだけ使えると思っていたので、嬉しい誤算だ。

「夕に何かの装備は作ってもらおうか。どうせ最終階層まで上がったら俺の武器も改造してもらうわけだしな」

夕に頼りすぎな気がしなくもないが、他にこのレベル帯の装備を作れるプレイヤーを俺は知らない。そういえば、ハイパリカムやレイアはどうやって装備を作っているんだろうか。あいつらもかなり上質な装備を使っているけど、何処で作っているとかそういった話は一度も聞いていなかった。

ハイパリカムが次に作ろうとしている武器もかなりのものだったし、次会ったら聞いておくとしよう。装備を作るたびに夕のお世話になってしまっているし、別の手段でどうにか出来るようにしておくべきだな。

兎も角、俺がやるべきは残る二階層を攻略して自身の強化を図ることだ。

「あと階層は二つだ。これをクリアすれば俺達の戦争勝利に近づける。大変だけど頑張ろう！」

「ぐるぁぁ!!」

「僕はまだまだ戦えますよ！　マスターとクロ先輩が一緒ならどんなモンスターでも倒してみせます！」

このダンジョンを通して対多数戦の経験も多く積み、レベルも大量に上がったが、それだけでは足りないのだ。

クロとガッツを連れて、俺は上の階層へと上がろうとすると、上層への階段が今までと違っていることに気づいた。

「ここからは本当に桁が違いそうだ。二人とも気を引き締めろよ」

今までの階段は石造りで簡素なものだったが、俺達の前に現れた階段は金色だ。

それも、大量の宝石が装飾されている。

「すごいです。ピカピカ光ってます」

階段に足を踏み出すと、近くにあった宝石達が光り輝く。

まるで天へ向かうような、そんな神々しさを感じさせる作りだ。

「今まで戦ってきたモンスター達はそんな雰囲気微塵も感じさせてくれなかったけどな」

「悪魔ばっかりでしたね！　神というか、真逆の存在って感じでした」

ガッツの言う通り、俺達が戦ってきたモンスターは六十六階層以降気味の悪い悪魔達ばかりだ。何がどうあっても神と呼べるようなものは存在しなかった。

「上がってみれば分かるさ。クロ、ここから先はスキルの温存は必要ない。もし必要ならメガフレアをぶっ放してくれて構わないぞ」

「ぐるぁ！」

むしろ、クロのボーナススキルが確実に勝負の決め手になってくるだろう。全員にバフを付与し、輝く階段を上がる。

上がれば上がるほどに輝く宝石は増えていき、俺達が九十九階層につくころには九十八階層の地面は見えないほどになっていた。地面はただの石なのに、天に昇っていくかのような、そんな雰囲気になっていた。

階段を上り終え、九十九階層に到着すると、今までとは当然ながら階層の雰囲気も違っている。今までは石の地面が広がっているだけだったが、九十九階層は地面に草木が生え、自然豊かだ。あたりには川も流れており、今までの階層とは明らかに部屋の規模も変わっている。

「楽園……？」

近くには可愛らしい動物達がのんびりと暮らしており、ここが戦場になるとは到底思えない。エデンと呼ぶにふさわしい景観がそこに広がっていた。

そして、先に見えるのはボスらしきモンスターだ。推測通り、二体のボスモンスターが俺達のことを待ち構えている。

「今回は完全な人型だな。微塵も悪魔要素がない」

「なんだか綺麗な人達ですね」

巨大な木の下にいるのは金髪の男女だ。男はガタイが良く、凛々しい顔つきだ。女性も綺麗な顔つきで、二人とも鼻が高く、凹凸のあるヨーロッパ系の顔立ちだ。

「ようこそ。楽園《エデン》へ」

「あなた達を歓迎するわ」

二人はにっこりと優しい笑みを浮かべ、俺達の登場を歓迎してくれている。

「こいつら、ボスじゃないのか……？」

今までと展開が違いすぎるせいでとまどいしかない。ただ、こいつらが味方ということはないだろう。それは、この場に戦えるであろうモンスターが他にいないことから明らかだった。

「ははっ。ボス？　確かにこの楽園《エデン》のボスは僕達かもしれないね」

「えぇ、そうね。この楽園《エデン》は私達のものなのだから」

二人は抱き合いながら俺に答える。今までの階層に上がったら即戦闘という流れから一変しているせいで、どう対処すべきか悩みどころだ。

「俺達は上の階層に行きたいんだが、どうしたら良い？　ここに上がってくるまでは全て戦いで勝ち上がってきたんだが」

「むむっ。それは出来ない相談だ。ここは楽園。ここより上はないさ」

「そういうわけにも行かない。そのために俺達はここまで上がってきたんだからな」

男に困った表情をされても、俺達が出来るのは一つしかない。

情報を確認するために近くに寄ってみると、男女の情報が表示された。

『アダム』BOSS　Lv85
『イヴ』BOSS　Lv85
やはり、この二人を突破しないといけないらしい。こいつらの名前通り、ここは楽園《エデン》ってことで間違いなかったようだ。

「マスター、どうするんですか？」

「倒すしかないだろ。平和に暮らしてたところ悪いが、俺達はそれを壊してでも上の階層に行かせてもらう」

「ここから先は神の領域。上に行かせるわけにはいかないし、私達もあなた達にやられるつもりはないの」

「その通りさ。僕達は、この世界を守り、育んでいかないといけないからね」

「俺達のことは強盗だとでも思ってくれれば良いさ。悪いが、やらせてもらうっ!!」

「ならば仕方ない。僕達も、この世界を守るために全てを尽くそう」

「私達を、この世界を、相手にして無事でいられると思わないで!!」

俺が臨戦態勢をとると、アダムとイヴものんびりとした表情から厳しい表情へと変わった。武器はもたないらしく、アダムは拳を突き出して戦いの構えをとり、イヴの方は魔法を使えるらしく、空中に魔法陣を描いていた。

「クロは俺と一緒にアダムの相手をしてくれ。ガッツは悪いが、イヴを一人で叩けるか？」

「もちろんです！　魔法使いが相手なら僕にお任せください！」

本来レベルの低いガッツを一人で戦わせるのは戦術としてはおかしいが、対魔法使いに関してガッツを上回るものはいない。魔法攻撃のほぼ全てを遮断してしまうので、魔法使いからしたらたまったものではないだろう。ガッツを突破するなら、ガッツの耐性を超える魔法攻撃を撃ち込むか、物理攻撃で突破するしかないのだ。

「こんな男の子一人で私の相手をするっていうの？　可愛い子だけど、手加減はしないわっ!!」

イヴは少しムッとした表情を浮かべながら、離れた位置に移動したガッツに視線を向けている。

これで、横から攻撃を受けるようなことはないだろう。

「僕の相手は君達二人か。さぁ、かかってくると良い」

アダムは体に巻き付けた布以外、何の装備もしていない。

ガッツと同じく、本当に近距離攻撃しか出来ないはずだ。クロに乗って空から攻撃を仕掛けることが出来れば一方的な戦いが出来るんだろうが、残念ながらここはダンジョンの中だ。天井は十メートル程度の高さに設定されている。

おそらく、その程度の高さならボスモンスターであるアダムなら何かしらの手段で攻撃が出来るはずだ。

距離を取るのは必須ではあるが、クロに乗って的を一つに絞らせるのはデメリットになりえる。

「クロ、いつも通り二人で展開しながら戦うぞ。絶対に立ち止まるなよ」

「ぐるぁぁ！」

いつもと同じように、俺達は自分達の速度を生かして攻撃を仕掛けることにした。

触れもしないスピードにはどんな攻撃も通用しないのだ。

二人でアダムを中心にグルグルと円を描き、隙を見てダメージを与えていく。

防御力はそこまでないようで、攻撃をするたびに着実にＨＰを削ることが出来た。

「なかなかの速度だ！　でも、僕も速度には自信があってね!!」

アダムはにやりと笑みを浮かべた後、ノーモーションでクロに向かって突っ込んだ。

その速度は俺達を超えており、アダムは脚を金に光らせた後、クロのことを蹴り飛ばす。

アダムの蹴りは相当な勢いがあり、クロは壁に叩きつけられて大きな音を階層に響き渡らせた。

しかし、クロもただやられるだけじゃない。攻撃を直前に一瞬だけ無敵化出来る金剛を使用したようで、アダムの攻撃をＨＰを少しも減らすことなく受け切った。

「むむっ！　今の一撃を受けて耐えるとは……出来るっ！」

アダムもクロが攻撃を受け切ったことに気が付いたらしい。驚いたような顔を浮かべた後、楽し気に笑った。

「こいつも戦闘狂かよ……。普通っぽい奴だったのに」

最初は優し気な雰囲気だったのに、すでにその面影はない。

「クロ、やるぞ」

「ぐるぁぁぁぁぁ!!」

戦いを楽しむタイプは戦いを長引かせると何をしでかすか分からない。さっさと勝負を決めてやる。

クロは俺の呼びかけに応じ、羽ばたかせてアダムへ一直線に突っ込んだ。それに合わせて、俺もアダムに攻撃を仕掛ける。

俺とクロの同時攻撃なら防がれることもないだろう。挟み込むように攻撃をすると、アダムは両手を突き出して俺とクロの攻撃を受け止める。

「ぐっっ!!　さすがに強い」

同タイミングで仕掛けた攻撃はさすがにかわすことも出来なかったようで、アダムは顔を顰める。

確実に俺達の攻撃によってダメージは蓄積されており、有利に戦いを展開することが出来ている。

「ボスといえど、巨大でもなければ特殊能力があるわけでもない。このまま押し切ってやる！」

「特殊な力がない？　僕は天から力を与えられているよ。これを見ても同じことが言えるかな？」

アダムは俺の言葉に反論を唱えると同時に、身体から黄金の光を放ち始める。

「俺が天からいただいた力。全てを凌駕する圧倒的なポテンシャルだ」

「身体能力向上系のスキルか。クロ、下手な駆け引きはいらない。攻め落とすぞ！」

「ぐるぁぁぁ！！！」

金の光を放ち、威圧感が増したアダムに攻撃を仕掛ける。

アダムは先ほどまでは俺達の攻撃をさばききれなかったが、能力が上がったことで俺達の攻撃を見切って回避してくる。

「回避能力まで上がってんのか。めんどくせぇ!!　だったら全体攻撃だ!!」

「面白いっ!!　だったら僕も攻撃で返してやろう!!」

狭い範囲の攻撃で対処されるのなら、回避出来ないほど広範囲の攻撃を近距離でぶっ放すだけだ。

クロと一緒に範囲攻撃をぶっぱなせば、いかに能力が上がっていようと関係ない。

俺は超重烈火《グラビトンフレイム》を発動させ、クロはディアブロクラッシュを発動させる。

どちらも広範囲超火力を誇るスキルだ。通常のモンスターならくらった時点で木っ端みじんになる威力を持っている。アダムはボスモンスターゆえに倒すことは出来ないだろうが、回避は出来ない。

俺達は階層全域に広がるような大規模攻撃を発動させたが、アダムもそれに負けじと自身を取り巻く黄金の光を巨大な球体に変換し、俺達に向けて投げてくる。

大規模なエネルギーがぶつかり合い、反動で嵐のように激しい風が階層中を暴れまわる。近くにいた小動物は吹き飛ばされ、豊かに生えていた木々は地面ごと遠くまで飛ばされていく。

「ここで攻めおとせぇぇ!!」

「ぐるぁ！！！」

このエネルギーのぶつかり合いが勝負の結果ではない。階層が破壊されそうになっている中、俺達はさらに追撃する。アダムはスキルを発動した影響か、黄金の光で包まれていない。弱体化している今が攻撃のチャンスだ。

「こ、この惨状で攻め込んでくるかっ！　面白い!!」

アダムは俺達が突っ込んでくるのに気づいてすぐに臨戦態勢になったが、黄金の光を纏っていないアダムなら俺達二人で押し切れる。

クロと二人でダメージを与えるが、アダムも最後の力を使ってふんばっているせいでなかなか押し切れない。

「やられてなるものかっ!!　僕は、負けない!!」

「くそっ！　あと一歩なのに！」

俺達にも着実にダメージを与えてくるせいで、長期戦にもつれ込む気配が出てきた。このままではアダムに黄金の光を纏われ、また厄介なことになりかねない。

「マスター、終わったので僕も参戦しますね？」

「なっ!?　一人でイヴを倒したというのか!!」

戦いが硬直状態にもつれ込んだと思った時、ガッツが急接近してアダムを殴り飛ばす。ガッツの参戦で一気に情勢が変わり、三人で攻め込むとアダムはなすすべもなく消滅した。

「クロ、ボスを一人で倒したのか……」

「はい！　マスターとクロ先輩が撃ったスキルのおかげでイヴに大きな隙が出来ました。ありがとうございます」

アダムとの戦いに集中していたせいでガッツのことが頭からすっかり抜け落ちていたが、さすがガッツだ。対魔法最強のカードなのは分かっていたが、まさかレベル差のあるボスを相手にしてここまであっさり勝利してくるとは思ってもいなかった。

ガッツのおかげで助かったのは間違いないが、レベルが低いにも関わらずここまで戦えるとなると今後の成長が恐ろしい。これから先、まだ進化もするだろうし、成長したガッツは誰にも止められないんじゃないだろうか。

「あの人何か落としたみたいですね。僕が相手にした女性もアイテムを落としたので見てください」

アダムが逝った場所には、金色に光る鍵が落ちている。そして、ガッツの手には四角い黄金の箱に、長細い穴が開いているので、おそらくアダムが落とした鍵をイヴのドロップ品である鍵穴に差し込むんだろう。

「ここに来てドロップ品がいまいちだな。せっかく今までは装備品として使える物だったのに」

「次の階層で良いもの手に入れられるんだから良いじゃないですか。何故か階段も出ないですし、鍵穴に差してみませんか？」

ガッツが鍵を拾ってきてくれたので、鍵穴にアダムのドロップ品である黄金の鍵を差し込む。

少し捻るとガチャリと音が鳴り、ガッツが持っていた黄金の箱に亀裂が走る。

バキバキと音を立てた後、黄金の箱が崩れ落ちた。

中から黄金に光り輝く球体が現れる。大きさは十センチほどでとても小さいが、アダムが放っていた黄金のオーラを纏っており、本来のサイズよりも大きく見えた。

『ゴッズスフィア』☆6
神の力を宿した結晶体。特定の条件で使用することで真価を発揮する。

「レアリティは高いが、説明文から用途が全く分からんな」

「これも装備になるんでしょうか。小さいから、いっぱい集めないと駄目そうですね」

「この階層まで来るのにここまで苦労してるんだ。周回なんてまっぴらごめんだけどな」

この階層に来るまでに数時間はかかっている。油断したらやられるような緊張感だし、とてもじゃないが今の俺達ではやれる気がしない。

用途不明のアイテムをインベントリに収納し、上の階層へ上がろうと思ったときのことだった。

「階段は……」

いつもならモンスターを全滅させた途端に階段が現れるのだが、今回はそれがない。戸惑いつつ周りを見てみるが、それらしきものはなかった。

「マスター、空から何か降りてきてます。あれ、階段じゃないですか？」

「ほんとだな。鍵を開けるのが上層に上がる条件だったのか」

俺が鍵を開けて十数秒後、金色の階段が上の階層から現れた。九十八階層から九十九階層に上がった時よりも豪華絢爛な階段になっており、自分の足で踏みつけるのもためらいたくなるような神々しさを放っている。

「最終階層にふさわしい派手さでは、あるか」

上を見上げてみると、白い世界が広がっている。アダムが言っていたことを鵜呑みにするなら、この百階層にいるのは神なんだろう。こんなダンジョンに引きこもっているのはろくな神じゃないだろうし、面を拝みに行ってやろう。

今回の階段はいつにもまして長いので、クロに乗って俺達は最終階層へと乗り込んだ。


「僕達雲の上に立ってます！　すごいです！」

「まじかよ、これ……」

百階層に到着してまず感じたのは、驚きだ。

地面が土や石ではない白くふわふわの雲の上に立っているのである。どうしてか雲の上には木々が生えており、自然豊かな景色が広がっている。

雲の切れ目から下を見てみると真っ青な世界が広がっており、そこに手を伸ばしてみても透明な地面はない。空も無限に広がっており、ここが仕切られたダンジョンであることを忘れるような世界になっていた。

「随分驚いているようじゃな」

「誰だ!!」

俺達が最終階層に驚愕していると、上からしゃがれた声が聞こえてきた。視線をそちらに向けると、白いローブを纏った爺さんが楽し気に俺達のことを見下ろしている。

爺さんの頭には天使の輪がついており、背中には二対の翼がある。人間ではないのは一目見て分かった。

「わしはゼウス。このダンジョンを統べる神じゃよ」

「はぁ!? ギリシャ神話の大ボスがなんでこんなダンジョンに籠ってるんだ」

ゼウスといえば色情魔として有名な神だが、ギリシャ神話の中では相当上位の神だ。上位神のあまりの扱いの雑さに、重ねて驚かされる。

「ほっほっほ。わしはあくまでここを統治しているだけじゃよ。おぬしが考えているように、わしは戦わん」

「そりゃ、そうだよな……」

ゼウスの見た目は恰幅の良い白髪の爺さんで、見た目からして強そうだ。

とてもじゃないが、俺達が戦って勝てる相手ではないんだろう。おそらく、ドラゴンの住処で驚かされた青龍よりもレベルは上のはずだ。

「よくここまで来た。ここがダンジョンの最終階層。ここをクリアすれば特別なものをおぬしに授けよう」

曲がりなりにも神の言うことだ。この階層で手に入れられるアイテムで装備の強化は図れるんだろうが、もしかしたら別のアイテムも獲得出来るかもしれない。

「期待させてもらうぞ？　ここに来るまでかなり労力を割いてきたからな」

「見ておったから分かっておる。九十九の階層を突破してきたのじゃ。おぬしにとって大したことのあるものを授けるから安心せい」

「楽しみにしてる。それで、俺は誰と戦えば良いんだ？　あんた以外に戦えそうな奴はいないが」

俺達が今立っているのは空に見えるが、辺りには何も飛んでいないし、ゼウス以外にモンスターらしきものの影はない。

「それぐらいどうとでもなるわぃ。この間一人で来た女の子と同じ活躍をしてくれるとわしとしては嬉しいんじゃがのぅ。可憐な女の子じゃった」

ゼウスは懐かしむようにつぶやく。女性プレイヤーでこんなところに一人で来れるのは夕かレイアしかいない。

ただ、レイアに可憐という言葉は似合わないし、おそらくゼウスが言っているのは夕のことだろう。

「俺達が強いことであんたに何のメリットがあるのか分からないが、活躍は期待してくれて良いぞ」

「マスターの言う通り、僕達は負けませんっ！　どんな困難も打ち破ってみせます！」

「その言葉が本当か、早速力を見せてもらうとしようかのぉ」

ガッツが意気揚々と挑戦的な言葉を使うと、ゼウスは孫を見るかのような優し気な顔になった。

「何をする気だ？」

「わしの分身と戦ってもらうんじゃよ。本物の十分の一程度の力しか発揮出来んがの」

「弱体化しているとはいえ、神を相手に出来るとは光栄だな」

「油断しないほうが良いぞ？　わしの分身はかなり強いからのぅ」

俺の態度が気になったのか、ゼウスが俺のことを気にするように言葉を発した。

実力に驕《おご》っているわけでもないが、ゼウスにはそう見えてしまったらしい。

そのままゼウスは手を前に突き出し、空中に魔法陣を出現させる。そこから光の球体が現れたかと思うと、ぐにぐにと形を変えてゼウスと同じ姿になった。ただ、分身ゼウスは本体に比べて色が暗く、感情もなさそうに見えた。

「これがわしの分身じゃよ。さぁ、わしに力を見せてくれ」

ゼウスは空中に椅子を出現させ、腰を深くおろす。分身は俺達と戦うため、ゆっくりと地面に降りてきた。近づいて来たことによって、情報が表示された。

『偽神ゼウス』BOSS　Lv99
「あっ!?　99!?」

「つ、強いです。力を抑えた分身でこのレベルですか」

確かにゼウスは分身の力が自分の十分の一だと言っていた。分身のレベルを見てしまうと、本体の強さが恐ろしい。

「いくぞ、ワッパ」

俺達の準備を待つことなく、偽ゼウスは俺達に攻撃を始める。

初手で行ってきたのは魔法攻撃だ。手を前にかざし、ゼウスが分身を作り出したときのように空中に魔法陣を生成する。しかし、その数は数十にも及んだ。

そこから放たれるのは黒い雷だ。

「マスター！　僕が全て受け切ります！」

まるでハイパリカムが扱っているような黒い雷は俺達のもとに一直線に突き進んでくるが、俺とクロの前にガッツが飛び出し、一心に雷の攻撃を受ける。

バチバチと音を立てていたが、しばらくすると雷が収まった。

「さすがにどうなるかと思いましたが、この程度の魔法なら問題なく受け切れそうです」

「ガッツの耐性はやっぱ本物だな……」

偽ゼウスから放たれた数十の雷を全て受け切ったのに、ガッツのＨＰはほとんど減少していない。

偽ゼウスでさえも、ガッツの魔法耐性を抜くことは出来なかったようだ。

さすがにこれには偽ゼウスも驚いたようで、目を丸くして驚いていた。

「わしの雷撃を受けて無傷とは……。少し本気を出してやろう」

「ガッツ！　悪いけど今回は俺達の盾になってくれ！　俺達があの攻撃をくらったらどうなるか分からない！」

「もちろんです！　僕が魔法を受け切るので、マスターとクロ先輩で押し切ってください！」

「そんな甘いことを許すか！　何人で襲いかかってきても全て返り討ちにしてやるわい」

自信満々な偽ゼウスの鼻を明かすため、ガッツを最前線においた布陣で攻め込む。

「まずはおぬし達の肝になるワッパからだ。わしの一撃のもとに消えるが良い」

偽ゼウスは地面に降りた後、先ほどとは違う、巨大な魔法陣を一つだけ目の前に生成する。あそこから何かしらの攻撃が放たれるのは間違いない。

「マスター！　どうせ逃げても追尾されます。真正面から打ち破ります！」

「おっけー！　ガッツ、頼むぞ！」

魔法陣から逃れるように、円を描きながら接近を試みようかと思ったが、ガッツからの提案を優先することにした。円を描くように移動していたら、ガッツが盾になるのは難しいし、真正面から打ち破れるならそれが理想的な形だ。

ガッツが偽ゼウスに突っ込んだのと同時に、俺とクロもその後ろに続く。

偽ゼウスも魔法の準備が整ったようで、一直線に突っ込んでくる俺達に向け、魔法陣から魔法を放った。

「黒柱雷」

まるで柱のように太く、黒い雷を俺達に向かってくる。あまりにも太いせいで、見た目は明らかに雷ではない。あまりの巨大さに、近づいてくると壁が接近してくるようにさえ感じられる。

ただ、俺達には最強盾のガッツがいる。ひるむことなく雷に立ち向かうと、ついにガッツと雷が衝突した。

「あぐっ!!　強い!!」

「そうであろう。かなりの魔力を込めた一撃だ」

今までガッツは魔法に対して絶対の耐性を持ち、全ての魔法を触れた瞬間に消していたが、今回は違う。威力が高いのか、継続して魔法を撃ち続けているからなのかは分からないが、ガッツは偽ゼウスの放った魔法を打ち消せない。ジリジリと押し込まれるのと同時に、ガッツのＨＰも少しずつ削れていっている。

「でも、僕は、負けないいっっ。後ろにいるマスターやクロ先輩には傷一つつけさせません！　乖離一式！」

しかし、ガッツも踏ん張る。乖離一式を発動させて全体のステータスを向上させることで、雷に押し込まれるのを踏みとどめた。

「召喚獣一匹でわしの魔法を食い止めるというのかっ！」

圧倒的な魔法でも、いつまでも発動しているわけではない。しばらく膠着状態が続いていたが、ガッツは偽ゼウスの魔法を全て受け切った。偽ゼウスの生成していた巨大な雷が消え、悔しそうな偽ゼウスの顔が見えた。

「一気に行くぞっ!!」

最初に分身を作り出した時もそうだったが、魔法を放つためには魔法陣を生成したりと準備時間が必要になっていた。ノーモーションで強力な魔法が使えるわけではないようなので、三人で一気に攻撃を叩き込む。

「ぐぉっ!!　わ、わしの魔法を完全に突破しおった……！」

偽ゼウスは布に身を包んでいるだけで、戦闘用の装備とはほど遠い。俺達の物理攻撃は確実にダメージを与え、偽ゼウスのＨＰを大きく削った。

「そのワッパがいる限りわしの攻撃はお前達に通らないのはよく分かった。ならば、最強最大の攻撃で全てを終わりにしてやろう。これを耐えきれれば、お前達の勝ちだ」

偽ゼウスは俺達から距離を取り、空中に浮かび上がった。

「どういうことだ？　耐えたら終わりってか？」

「わしの全魔力、全生命力をかける。攻撃を耐えきってても耐えきらなくてもわしは消滅するが、耐え切ればダンジョン制覇ということじゃ」

わざわざそんなことを俺達に伝えてくるということは、自分の魔法に絶対の自信があるということだ。間違いなく、さっきとは格の違う魔法を放ってくるんだろう。

「ガッツ、頼めるか」

「もちろんです。どんな攻撃でも受け切って見せます」

「面白い。わしの魔法を受けてみよ！」

偽ゼウスは再び魔法陣を空中に生成するが、今までとは明らかに違う。今までは生成された魔法陣の文字は白だったが、今回生み出された魔法陣は金色に輝いている。

そして、なによりサイズが今までの五倍以上、五メートル近くになっている。

「これがわしの最大最強の魔法よ。黄金雷霆—ケラウノス」

魔法陣から現れたのは、黄金の光を放つ、槍のような形をした雷だ。

バチバチと激しい音を立てて魔法陣から顕現したそれは、攻撃魔法というよりも、迫力がありすぎるせいで雷の召喚魔法に思える。

金色に光り輝く巨大な矛は、魔法陣から射出される。偽ゼウスが、最強の一撃と呼ぶのも納得の迫力だ。明らかに対人で使う魔法ではなく、辺り一帯を全て消失させられるんじゃないかと思える。

ただ、これをガッツには受け止めてもらわないといけない。

「抑え込みます！　乖離二式!!」

耐性自体は変わらないが、ガッツは魔法に吹き飛ばされぬよう、乖離二式を発動させてステータスを向上させると立ちはだかる雷に手を突き出した。

ドッッッ！！！！

「あ゛ぁ゛ぁ゛ぁ゛あ゛あ゛あ！！！！」

爆音とともに、ガッツが雷に抵抗する。かなり威力は凄まじいらしく、乖離二式を発動させた。それでもステータスが足りないようで、ガッツは勢いに負けて少しずつ後退させられる。

「やるではないかっ！　まさかこの魔法を少しでも耐えるとは思わなかったぞ!!」

偽ゼウスの嬉しそうな声が聞こえてくるが、ガッツはそれどころではない。顔を真っ赤にし、雷を打ち破ることに全神経を集中させていた。

しかし、ガッツのＨＰはさっき撃ち込まれた魔法よりも速いペースで削れていく。十秒程度ぶつかっただけなのに、ガッツのＨＰは二割も削られているのだ。

ガッツのＨＰを削る攻撃力の高さに加え、魔法の巨大さゆえか押し込んでくる圧力も強い。それでも、ガッツは耐えた。耐え続けた。バフもかけられないし、ポーションを渡せる状況でもない。俺とクロはガッツを応援することしか出来ず、歯がゆい状況が少し続いた。そんな時、

召喚獣がボーナススキル：『神性』を獲得しました。

ふと、通知が表示された。この状況下にあるので、間違いなくボーナススキルを獲得したのはガッツだろう。ガッツのステータスを確認すると、神性のスキルが表示されている。

「ガッツ、新しくスキルを獲得してるからそれを使ってくれ！　クロ、隙が出来たらメガフレアをぶっぱなせ！」

「ぐるぉ！」

「了解です！」

ガッツはすぐに新たに獲得したスキルを使用する。すると、ガッツの身体が黄金に輝きはじめ、雷で減少していたＨＰがぴたりと止まった。ステータスも向上しているらしく、雷に押し込まれることもなくなっている。

「これだけじゃありません！　さらに行きます!!　はぁぁぁぁぁ!!」

ガッツが右手を突き出すと、黄金の光が雷とぶつかり合う。激しく音を立てて、辺りに火花を散らした。

「やはり神の子だったかっ!!　わしの神性攻撃を浴びて覚醒しおったな！」

ガッツの光は力を増していき、偽ゼウスの放った雷を完全に抑え込んでいる。ただ、さすがに偽ゼウスの雷を押し切ることは出来ていない。

この均衡を打ち破るためにはもう一手必要になる。

「ぐるぁぁぁぁぁぁ!!」

そこでクロの最強スキル、メガフレアだ。

クロは四つん這いになってエネルギー弾を雷にぶつける。激しく音を立てながらクロのエネルギー弾とガッツのスキルが組み合わさって偽ゼウスの魔法を破壊し、打ち破った後の波動がダンジョンの階層を蹂躙した。

しばらくして落ち着いたあと、階層には何も残っていなかった。はるか上空には本物のゼウスが満足げな顔で俺達のことを見下ろしている。そして、ゆっくりと俺達の元まで降りてきた。

「ほっほっほ。まさかこんな短時間で倒されるとは思わなかったぞ」

「あそこから続いてたら俺達の負けだったけどな……」

「どちらにしてもその子がいたらわしの分身では勝てなかったであろう。完敗じゃよ」

「長かった……。これでようやくクリアか」

「ここですごく強くなれましたね！　戦争で活躍出来そうです」

「戦争のことはよく分からんが、ダンジョンをクリアした報酬はこれじゃ。受け取ると良い」

ゼウスは金色に輝く翼の形を模したペンを手渡してきた。大きさは十センチほどで、思っていたドロップ品よりサイズが小さい。

とりあえずゼウスからペンを受け取ることにした。

『全能神ノ筆』☆8
全能神ゼウスが認めたものに送る筆。使用することで、装備を一つ覚醒させることが出来る。ただ、覚醒させるには特定スキル、限定アイテムが必要になる。

夕が言っていたのはこれのことだろう。夕は装備を覚醒させるためのスキルを所持しているってことだ。ここまで獲得ハードルが高いことを考えると、どれだけ強化されるのか楽しみだ。

「九十九階層でゴッズスフィアを手にしているだろう。それと同時に使うのじゃ」

「分かった。また強くなりたかったらここに来るよ」

「うむ。あと、おぬしの力はそのうちわしにも貸してもらうかもしれぬ。これも持っていくが良い」

ゼウスはさっきのアイテムとは別に、スマホぐらいの大きさの石を渡してきた。

石には文字が刻み込まれているが、書かれている文字は理解出来るものではない。

「これは?」

「これはわしが力を認めた証。身から離さず持っておくのじゃ」

『全能神ノ心』☆7
全能神が認めたものに送る証。所有していることで、特殊なクエストを受けることが出来る。

☆7のオンパレードだ。ここまで☆7を超えるアイテムなんてほとんど手に入れられていなかったわけだし、このダンジョンがいかに異質だったのかが分かる。

——**『ナオ』様が『偽神ゼウス』の討伐に成功しました**——

——**『ナオ』様が全能神ノ筆を獲得しました**——

——**『ナオ』様が全能神ノ心を獲得しました**——

そしてレアリティの高いアイテムを獲得、ダンジョンを踏破したことで通知が一気に流れる。時間も一九時と良い時間なので、俺が何かをしていることはロキ達にも伝わっただろう。奴らもより一層警戒を強めてくるはずだ。

「それじゃ、俺達はこれで帰るとするよ。これから忙しくなるんでな」

「ほっほっほ。ここを踏破したおぬし達ならどんな壁も突破出来るじゃろう。頑張ってくるのじゃな」

ゼウスから応援を受け、俺達はダンジョンを後にする。

◆

ロキ達との戦争までほとんど日がない。目的通りダンジョン踏破で大量レベルアップとアイテムの回収を終えることが出来た。完璧な流れで短時間で強化を図れたと言って良いだろう。

前回のＲＭＴギルドとＰＫギルドの戦いと違い、今回は運営が俺達の動きをマークしている、なんてことはない。運営の助力は期待出来ないので、真正面からロキ達を打ち破るしかないだろう。

ここまでやれることはやってきたんだ。後は装備を完璧に仕上げて、俺達の最強を奴らにぶつけてやる。

《了》

◆あとがき◆

ここまで読み進めていただいた読者さま、誠にありがとうございます。購入いただいた読者さま、関係者のみなさまのおかげで3巻も無事発売することが出来ました。ここまで書かせていただいた感謝をこめて全力投入したところ、執筆に膨大な時間がかかってしまい、発売までかなりの期間お待たせする形になってしまい申し訳ございません……。

今回の内容は、WEBの内容から完全に外れ、全編書き下ろしで仕上げました。今まではナオを中心に、狭い範囲で仲間たちとの戦いを描いてきましたが、これから先はゲーム全体を巻き込んだ冒険が繰り広げられます。全面戦争の結末によっては、とんでもない方向に舵が切られてしまうかもしれませんね。

読者の皆様の中には次のイベントを楽しみにされている方もいるかと思います。内容は、ソロ最強を決定するPvPです。次回行われる全面戦争で、PvPが強いプレイヤーが勢揃いしますので、そのあたりも含めて4巻の発売を楽しみにしていただければ幸いです。

コミカライズについてですが、もう少々お待ちください！諸々と進行中ですので、発表できるところまで準備が整いましたら、ツイッター（@sinoko_Snarou）や、公式サイトから発表させていただきます。

ここまで長々とお付き合いくださいましてありがとうございました。
では、次回は4巻でお会いしましょう！

しのこ

呼び出した召喚獣が強すぎる件 3

発　行
2020 年 6 月 15 日　初版第一刷発行

著　者
しのこ

発行人
長谷川　洋

発行・発売
株式会社一二三書房
〒 101-0003　東京都千代田区一ツ橋 2-4-3 光文恒産ビル
03-3265-1881

デザイン
okubo

印　刷
中央精版印刷株式会社

作品の感想、ファンレターをお待ちしております。
〒 101-0003　東京都千代田区一ツ橋 2-4-3 光文恒産ビル
株式会社一二三書房
しのこ 先生／ shizuo（artumph）先生／茶円ちゃあ 先生

Printed in japan, ISBN 978-4-89199-639-0

※本書は小説投稿サイト「小説家になろう」（http://syosetu.com/）に
掲載された作品を加筆修正し書籍化したものです。